PIERRE VERON

AVEZ-VOUS

BESOIN D'ARGENT?

PARIS

LIBRAIRIE CENTRALE

24, boulevard des Italiens.

M DCCC.LXV

AVEZ-VOUS

BESOIN D'ARGENT?

VERSAILLES — IMPRIMERIE CERF, RUE DU PLESSIS, 59

AVEZ-VOUS

BESOIN D'ARGENT ?

PAR

PIERRE VÉRON

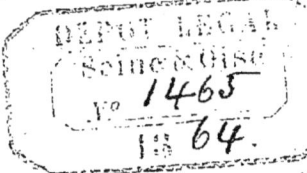

PARIS

LIBRAIRIE CENTRALE

24, BOULEVARD DES ITALIENS.

1865

1864

AVEZ-VOUS BESOIN D'ARGENT?

I

MON TITRE

Avouez que vous y avez répondu par un oui unanime et immense.

C'est tout ce que je voulais savoir.

Nous sommes faits pour nous comprendre.

II

D'OÙ L'IDÉE M'EN VINT

Peut-être y aurait-il pourtant quelque opportunité à vous dire comment je fus amené à aborder le sujet à travers lequel nous allons nous promener ensemble.

Or ça, nous étions soixante, au collége, dans la classe de ce bon M. ***.

Nous étions soixante, tous pleins d'espérance, — ce que nous traduisions alors par : pleins d'avenir, — car les plus beaux châteaux en Espagne ont toujours été bâtis par des architectes de seize ans.

De ces soixante qu'a fait le sort?

Je ne le sais pas pour tous, — mais j'en ai depuis lors rencontré, aux diverses encoignures de la vie, une bonne moitié environ.

Quel défilé terrible !

Celui-ci, un brave garçon épris d'idéal, expie à Bicêtre un dévouement qu'on a qualifié folie, sur son signalement intellectuel.

Cet autre est allé, je ne sais où, perdre deux bras et gagner une croix.

Ce troisième, explorateur de voies artistiques, végète misérablement.

Ce quatrième, — un penseur profond, un philosophe, — est insulté à la journée par les petits-fils de Loyola.

Ce cinquième...

Ce sixième...

Ce septième...

Ce huitième...

Ils ont tous eu leurs douleurs ; tous, leurs désillusions ; tous, leurs misères.

Tous, sauf un.

Celui-là était, de la classe du bon M. ***, où nous usions conjointement nos pantalons, l'esprit le plus pratique.

Doué d'un goût prononcé pour le comfort et la vie paisible, il se livra, — la veille du jour où il passa sous les fourches-caudines du baccalauréat, — à des méditations prolongées.

A quoi songeait-il ?

Au choix d'une carrière. Grave et périlleux instant !

— Que faire ? se murmura-t-il.

La médecine est obstruée, le droit encombré, la photographie inondée !

J'aime le calme, j'ambitionne une position peu fatigante et agréablement lucrative.

Que choisirai-je ?... La diplomatie ? Trop de voyages. Les armes ? Elles sont trop perfectionnées. Le barreau ? Et mon larynx ! La médecine ?

1.

Jamais! je suis pour l'abolition de la peine de mort.

Ce qu'il me faudrait, c'est une spécialité...

Quelle idée! La spécialité! Tout est là à notre époque. Le coiffeur qui a la spécialité d'une *pommade des Willis*, conquiert des pignons sur toutes les rues de Paris. Le pharmacien qui a imaginé un remède contre les engelures , devient maire et roule dans des carrosses à ressorts innombrables.

Je serai spécialiste, moi aussi.....

Mais spécialiste de quel genre? Là gisait le problème.

Notre homme passa successivement en revue les plus usitées de ces industries alimentaires.

A la fin, il cessa de chercher. Le choix était fait.

Y... avait résolu — tout simplement — de devenir professeur de hottentot au collége de France.

Je ne connais pas votre opinion à ce sujet, mais de prime-abord, quand on m'a raconté cette histoire, j'ai estimé, moi, que c'était un trait de génie.

Savait-il donc le premier mot de cette langue

qu'on ne parle que dans les banlieues très-éloi-
gnées de Paris?

Allons donc !

Et c'était là précisément le mérite !

Mérite d'autant plus grand que Y... a réussi.

Depuis des années déjà, Y... est installé dans
une chaire de hottentot qu'on a créée exprès pour
lui.

On lui a donné une salle spacieuse et aérée,
sur laquelle s'ouvrent deux grandes fenêtres. En
été, la fraîcheur y est délicieuse; en hiver, un
poêle chauffé administrativement, — c'est tout
dire, — y entretient une chaleur qui ferait illu-
sion à des bananiers.

On ne peut voir un cabinet de travail plus exquis. Quel silence ! Quel recueillement !

Y... entre, s'assied, promène les yeux autour
de lui pour bien s'assurer qu'il est seul, comme à
l'ordinaire, puis commence à lire son journal, à
expédier sa correspondance ou à écrire quelques
vers d'une tragédie qu'il destine sournoisement à
la rue de Richelieu.

Le sujet en est hottentot... naturellement!

Quand un bruit de pas résonne dans le corridor, Y... élève la voix pour avoir l'air de parler une leçon. Cela juste aussi longtemps qu'il faut pour que le bruit de pas s'éloigne, sans entrer, — ainsi que de raison.

Après quoi il reprend la suite de ses petites affaires.

Dans les premiers temps, Y... a eu pourtant quelques émotions, pendant le cours de ses leçons.

Des rumeurs étranges lui faisaient croire, à tout instant, à la présence de quelqu'un.

Arraché à sa tranquillité, il tressaillait, regardait autour de lui, malgré l'invraisemblance, et ne redevenait serein que pour être de nouveau mis en éveil par la même cause.

Mais il ne tarda pas à découvrir que les rumeurs étaient produites par des souris qui avaient élu domicile dans un coin de la salle, — ce qui prouve l'intelligence de ces animaux.

Au bout de peu de jours, le professeur et les

souris, également amis de la quiétude, vivaient en parfait accord.

Maintenant, Y... est au comble de ses vœux.

Les papiers publics ne l'appellent jamais que *l'éminent linguiste*.

Chaque jour on l'invite à dîner pour le supplier, au dessert, de dire aux dames une galanterie en hottentot; ce qu'il ne refuse jamais : c'est un si brave homme !

Une circulaire a récemment fait ressortir aux yeux du peuple français l'influence des études hottentotes sur le développement des mœurs, en même temps que la sollicitude de l'administration à qui aucun besoin n'échappe.

Enfin, le jour de gloire est arrivé.

Y..., qui ambitionnait la décoration, a rédigé un volume de quatre cent quatre-vingt-dix-neuf pages in-folio sur l'étymologie indo-germano-celto-gallo-étrusque d'un adverbe hottentot.

Il ne faut évidemment pas être manchot pour lancer quatre cent quatre-vingt-dix-neuf pages in-folio sur un pareil sujet.

Tel a été l'avis unanime.

Y... ne pouvait avoir d'envieux, puisqu'il n'a pas de rivaux.

On lui a prodigué des éloges qu'on aurait marchandés à un autre; on n'a parlé, pendant un an, dans les revues de prose ferme, que d'étymologies indo-germano-celto-gallo-étrusques.

Y..., au jour de l'an suivant, a reçu le ruban rouge pour services *exceptionnels !*

Y... est, sans conteste, celui des soixante de la classe de ce bon M. *** qui est allé le plus loin.

Cela tout simplement parce qu'il a eu la noble pensée d'enseigner à autrui ce qu'il ne savait pas lui-même.

Convenez que le procédé était tentant.

Aussi m'a-t-il tenté quand j'ai entendu le récit de la biographie de Y... l'hottentologue.

Et j'ai résolu d'essayer d'hottentotiser à mon tour.

Dans ce but, j'ai choisi, pour en faire le sujet de ce volume, celle de toutes les questions qui m'était le plus complètement étrangère.

La Question d'argent.

L'économie politique, c'est mon hottentot, à moi.

Je ne sais pas le premier mot du problème de l'extinction du paupérisme.

Je n'ai jamais — Dieu m'en est témoin — étudié les bienfaits de l'amortissement ou des virements.

Enfin — vivrais-je deux mille ans — je fais ici le serment de ne jamais permettre l'entrée de mon cerveau à quoi que ce soit qui puisse me faire comprendre la théorie des chèques.

Mais il est tant de gens, — parmi ceux surtout qui se piquent d'être spéciaux dans la matière,— qui n'en sont pas plus avancés que moi.

Donc, — d'après l'analogie, — je suis, comme le professeur mon ex-condisciple, dans les meilleures conditions pour réussir.

Acceptons-en l'augure — et commençons.

[I |

L'ARGENT

Mais, — avant d'aller plus loin, — je voudrais bien placer un portrait.

Les portraits sont à la mode.

Il n'est plus guère de volume pistache, abricot ou rose tendre qui ne débute ainsi.

D'ordinaire c'est une photographie, représentant, avec exubérances supérieures ou inférieures de décolleté l'héroïne des pages qui vont suivre.

Toutefois, comme mon héroïne est un héros qui brille plus par le fond que par les formes, comme d'autre part la photographie est devenue un radeau de la Méduse de l'art, sur lequel on commence à tirer au sort pour savoir lequel sera mangé par les autres, je me contenterai d'un simple croquis à la plume.

— Voyons un peu, mon ami, posez-vous là, que j'essaie d'attraper votre ressemblance.

Charmant modèle en vérité.

Souriant, affable, sympathique...

— Monsieur, me dit-il, puisque vous daignez vous occuper de moi, permettez-moi de vous faire en deux mots ma biographie.

Mon nom, — que vous connaissez de reste, — est l'*Argent.*

J'ai du cœur, de l'esprit, du génie au besoin.

C'est moi qui ai fondé et entretiens ces hôpitaux où la souffrance trouve un refuge, ces écoles où l'ignorance trouve des leçons, ces usines où le peuple trouve du travail.

C'est par moi que ces milliers de vaisseaux sillonnent les mers; c'est par moi que ces innombrables chemins de fer serpentent sur les terres, portant partout la vie, l'activité, l'abondance.

Je suis le grand initiateur d'ici-bas et le bienfaiteur aussi.

La charité c'est moi.

La philanthropie, c'est moi encore !

Moi, qui me fais le grand distributeur de récompenses annuelles en l'honneur de l'art, de la littérature, de la vertu.

Moi, le puissant excitateur de toutes les facultés humaines; moi, l'oseur de miracles; moi, le faiseur de grandes choses et de bonnes choses !

Maintenant, Monsieur, commencez mon portrait.

— Volontiers, car on ne saurait avoir un plus admirable sujet... Le temps seulement de préparer mon encre...

En disant ces mots, j'avais tourné la tête durant

une seconde ; quand je la retournai, un autre modèle était devant moi.

Autant le précédent semblait noble, autant celui-là semblait vil ; autant l'un avait l'air doux, autant l'autre avait l'air cruel ; autant le premier était attractif, autant le second était repoussant.

Et, prenant la parole d'une voix rauque :

— Morbleu ! me dit-il, à la tâche, et hâtons-nous... Je n'ai pas une minute à perdre.

J'ai tant de besogne.

Dans la seule journée d'aujourd'hui, je dois surborner mille lionnes pauvres, désunir deux mille ménages, voler pour les exploiter les idées de trois mille hommes de talent.

Car je suis le mauvais génie de la terre et de ses habitants. C'est moi qui paie les frais des drames sanguinaires dans lesquels les humains s'entr'égorgent.

C'est moi qui précipite les anges déchus du haut des paradis perdus de la pureté.

C'est moi qui peuple les cours d'assises, arme

la main des scélérats, fais écraser le faible par le
fort, m'assieds au lit des mourants pour tendre,
araignée de la mort, ma toile à testaments.

C'est moi, enfin, l'instigateur de tout ce qui se
fait de lâche, de honteux, de criminel.

— Qui donc, toi? Quel est ton nom?

— Je m'appelle l'Argent!

— L'Argent?... Mais, tout à l'heure... à cette
place même...

— C'était un autre moi.

— Que signifie?...

— Cela signifie que je suis deux. Cela signifie
que je réalise la vieille fable de Janus à double
visage. Cela signifie que je mérite et justifie à la
fois tout le bien et tout le mal qu'on a pu, peut
et pourra dire de moi... Eh bien... Et ce portrait?...

Je n'ai pas répondu.

IV

GÉNÉRALITÉS ET CONTRASTES

Mais j'ai réfléchi.

C'est la vérité.

Noir et blanc, enfer et ciel, fange et limpidité, Montyon et Méphistophélès, ténèbres et lumière, corruption et régénération, gloire et honte, Mont-faucon et Eden, — tout cela gravite, grouille, se confond autour de ce seul mot :

ARGENT !

De là les luttes, les tergiversations, les hésitations, les contradictions, de notre piètre espèce.

Vous devez 15 francs à votre épicier, à votre cordonnier, à votre n'importe quoi.

Il vient chez vous tous les matins, vous attend au coin des rues, vous apostrophe grossièrement.

— Escroc ! intrigant ! voleur !...

Et vous tremblez comme la feuille. Et vous rougissez de confusion.

Et le public de répéter :

— C'est égal !... Ce Monsieur X..., ce n'est pas grand'chose de bon.

Au contraire, vous devez 80,000 francs, — haut la main, en viveur de *high life*.

A la bonne heure !

Changement à vue.

Au lieu de baisser le nez, vous redressez la tête; au lieu de ployer l'échine, vous cambrez le torse; au lieu de vous cacher, vous paradez.

Et le monde de se dire :

— Par là vertubleu !... Ce petit X... est un gaillard charmant, qui entend la vie, il faut voir... Et qui vous doit des sommes !... Il faudra que nous l'invitions à notre prochain bal. C'est un garçon si lancé...

Bien plus !

Les créanciers eux-mêmes ont une certaine vénération pour vous.

Ils ne vous parlent que chapeau bas. Ils saluent en vous l'argent qu'ils ont eu la bêtise de vous prêter.

De même au coin d'une rue, accostez humblement et avec de vraies larmes dans la voix un monsieur qui passe.

Et dites-lui :

— Monsieur,

Je suis un honnête homme.

J'ai essayé de tous les moyens de gagner ma vie, — les moyens honteux exceptés.

Aujourd'hui je suis à bout de ressources. J'ai une femme qui pleure la faim, des enfants malades. Je suis désespéré, fou de douleur.

Pourtant il suffirait de bien peu de chose pour me tirer d'angoisse.

Avec vingt sous, j'aurais du pain...

Monsieur, ne me repoussez pas.

— Fainéant, répondra le Monsieur neuf fois sur dix, allez-vous me laisser en repos ou j'appelle un sergent de ville.

Au contraire, — en plein boulevard, — le nez au vent, l'air arrogant, et d'un ton de charlatan en goguette, interpelez les badauds, en grimpant sur le premier tréteau venu et en vociférant à tue-tête :

— Passants, cuistres et imbéciles!

Je suis véreux, horriblement véreux.

J'ai tâté de tous les tripotages suspects.

Aujourd'hui, il me faut quelque chose de grandiose.

Je fonde une société en commandite au capital de deux millions.... de crétins.

Je ne réponds naturellement de rien.

Passez-moi vos billets de mille dont j'ai envie pour aller en Belgique vivre de vos rentes ..

Immédiatement, la foule se ruera à l'assaut des actions, et le monsieur qui refusait tout à l'heure les vingt sous, se fera inscrire pour deux mille écus.

Règle générale et fondamentale :

— Quand vous avez besoin d'argent, que ce soit de beaucoup d'argent.

Il n'en coûte pas plus.

Exemple :

V

L'HISTOIRE DE BENZINET

Donc, il advint, ce jour-là que Benzinet, jeune homme issu d'une famille aisée, constata, en ouvrant son escarcelle, que le numéraire y brillait de tout l'éclat de l'absence.

Benzinet, — de famille aisée, comme nous avons eu le plaisir de vous en informer, — approchait de la fin du mois, époque à laquelle sa pension ordinaire lui était expédiée de province par ses fidèles parents.

3

Mais approcher ne suffit pas en pareil cas.

Aussi, Benzinet se prit-il à regretter amèrement les dépenses par trop lestes, qu'il avait semées tout le long des précédentes semaines.

Puis, à force de regretter, il s'aperçut que le remords lui creusait profondément l'estomac.

Il fallait déjeuner, — et pas le plus petit morceau de mouche ou de vermisseau.

Sainte amitié! C'est à toi qu'on songe en ces occasions.

*\
* *

— Parbleu ! pensa Benzinet, je serais bien bon de me gêner. N'ai-je pas mille fois obligé A..., B..., C..., D..., et bien d'autres? N'ai-je pas tenu table ouverte? Je puis doublement faire appel à la mémoire du cœur et à celle de l'estomac. N'hésitons pas.

Léon, — pour n'en citer qu'un parmi mes intimes, — sera trop heureux de me prêter cent sous pour déjeuner...

En réfléchissant, le jeune homme de famille

aisée avait achevé sa toilette. Il descendit son escalier et s'aventura dans la rue, se dirigeant vers la demeure du Léon désiré.

Mais à peine avait-il fait une centaine de pas, qu'une idée lui traversa le cerveau. Il se souvint que son ami, *primo*, logeait à l'extrémité du Paris annexé; *secundo*, qu'il remplissait chez un agent de change des fonctions qui devaient l'appeler à son poste dès dix heures.

Il en était neuf et demie.

Benzinet monta dans un fiacre.

* *

Avez-vous remarqué les perfidies du hasard? C'est ainsi toujours quand on est pressé.

Le fiacre de Benzinet rencontra deux rues barrées, un régiment qui passait musique en tête, un enterrement et un encombrement de voitures.

De sorte que, — quand il toucha terre devant l'immeuble du tant souhaité Léon, — celui-ci venait de sortir.

La peste soit!...

Après que Benzinet eut fait à son désappointe-
ment la contession de quelques exclamations
courroucées, l'espérance reprit le dessus.

A défaut de Léon n'avait-il pas Charles?

Charles! un cœur dévoué!

*
* *

— Cocher! chez Charles! rue... numéro...

Le cocher obéit avec la résignation propre à sa
race et la lenteur inhérente à sa profession.

Naturellement, Charles avait son gîte, sis à
deux kilomètres de distance. Toujours l'effet des
gracieusetés du hasard!

Benzinet trouva, — grâce à l'impatience, —
que les deux kilomètres en représentaient large-
ment six.

Il finit pourtant par débarquer.

— Drelin! drelin!...

Pas de réponse.

— Drelin! drelin! — C'est impossible... — sans doute Charles dort encore; le paresseux... Drelin! drelin!

— Qui demandez-vous? glapit la voix acidulée de la portière, attirée par le carillon.

— Monsieur Charles!

— Il est à Pontoise depuis deux jours.

— Malédiction!

Benzinet, éploré et affamé, se cramponna à la rampe pour redescendre. Le fiacre attendait au bas. A sa vue, Benzinet fit un calcul mental :

— Deux heures à deux francs... Tant pis, se dit-il, je vais aller chez Eugène, et, au lieu de cent sous, je lui emprunterai dix francs.

*
* *

Eugène était à un convoi... Peut-être celui que le fiacre avait rencontré!

De là, Benzinet se rendit chez Albert, qui assis-

3.

tait à un mariage ; chez Hippolyte, qui avait dé-
ménagé sans laisser son adresse.

Il arriva ainsi au domicile de Gustave.

— Monsieur est chez lui, répondit le concierge.

Bonheur! Victoire! Transport!

Benzinet escalada quatre à quatre, sonna con-
vulsivement, et, pénétrant comme un boulet qui
entre dans un régiment :

— Enfin ! c'est bien toi... on ne m'a pas
trompé... tu n'es pas sorti... Ouff!... Si tu savais... Merci, je n'ai pas le temps de me reposer.
J'ai en bas... N'importe! qu'il te suffise de savoir... Prête-moi...

— Pauvre ami! Un emprunt à moi! soupira
Gustave. Je me proposais justement d'aller chez
toi pour te prier d'être mon banquier.

— Quelle plaisanterie! Tu as bien...

— Rien! rien! rien!

— Je n'en crois pas un mot.

— Libre à toi. Après tout, je ne vois pas pourquoi j'aurais des comptes à te rendre, et du moment où tu le prends sur ce ton, brisons-là.

— A ta guise, brisons.

Benzinet, en sortant, retrouva le fiacre impassible. L'arriéré s'élevait déjà à sept francs cinquante.

— Bah! fit-il, Edmond est un petit Crésus, lui! Au lieu de dix francs je lui en emprunterai vingt.

*
* *

La faim prenait des proportions ultra-canines. Le cocher commençait à avoir sur son siège des trémoussements inquiétants autant qu'inquiétés.

Deux fois il s'était retourné pour toiser son bourgeois d'un œil investigateur.

La situation était tendue à l'extrême.

Elle le devint plus encore quand Edmond, — le petit Crésus, — eut opposé à son tour une fin de non recevoir catégorique aux prières de Benzinet.

Tout à coup...

Ah! c'était le ciel qui l'envoyait!

Tout à coup l'infortuné reconnut, passant sur le trottoir, un ancien ami de sa famille, homme très-lancé dans la spéculation.

Celui-là ne refuserait pas, du diable!

Et Benzinet, tirant le cocher par le collet :

— Arrêtez ! mais arrêtez donc !... Psitt... psitt !...

* *
*

L'homme très-lancé dans la spéculation entendit, vit et s'approcha.

— Bah! c'est ce cher monsieur Benzinet! Ses parents vont bien, depuis que je ne suis plus là-bas?... Car j'ai quitté le pays... Vous l'ignoriez? Oui, je suis venu à Paris. Et vous? Êtes-vous satisfait?

Benzinet allait répondre avec franchise, mais il

se souvint de la fâcheuse issue de ses autres tentatives.

L'idée lui vint de dissimuler.

— Si j'avoue que je n'ai pas un denier, réfléchit-il, celui-là aussi va me tourner le dos. Faisons mieux.

Puis, reprenant tout haut :

— Mais je vous remercie... Je suis content, très-content, surtout de vous revoir, vous qui m'avez connu si petit... Car il n'y a pas à dire, vous m'avez connu pas plus haut que ça... Je ne vous lâche pas. Nous allons dîner ensemble?

(Car, hélas! l'heure du dîner était venue.)

— Oui! c'est cela! appuya Benzinet. Nous allons dîner. Nous causerons. Cocher, arrêtez-vous devant ce restaurant... et attendez-nous.

Le cocher eut un regard terrifié. Il n'osa pourtant pas parler.

Quant à Benzinet, en *à parte* :

— Je le fais boire un peu. Je l'amadoue, et, au dessert... seulement, vu les frais nouveaux de l'opération, au lieu de vingt francs, c'est cent francs que je lui emprunterai.

*
* *

On dîna. On mangea abondamment. On but en provision.

L'instant fatal était venu.

— Cher monsieur, insinua Benzinet, j'ai une petite confidence à vous faire. La pension que me donne ma famille est un peu en retard. C'est le sort qui vous a mis sur ma route. Vous savez que je suis solvable, — et mes parents aussi. Voudrez-vous avoir l'obligeance de me prêter...

— Vous ignorez donc, jeune homme, que je suis ruiné à plates coutures? Que c'est le motif qui m'a fait quitter Carcassonne, après faillite? Qu'enfin, sans vous, je ne dînais pas ce soir?

— Grand Dieu ! Mais alors, nous sommes perdus. Je n'ai pas de quoi payer et j'entretiens à la porte un fiacre auquel sont dues onze heures trois quarts !

— Que dites-vous là ?... Eh bien ! attendez... Je connais un usurier, vous allez y courir avec un mot de moi. Vous avez des *espérances;* je lui explique votre situation dans ces lignes, il vous tirera d'embarras. Allez et revenez me délivrer. Je reste ici comme ôtage...

. . . .

— Un usurier ! grommela Benzinet pendant le trajet, c'est une occasion, profitons-en pendant que j'y suis ! Au lieu de cent francs, je vais lui en emprunter mille.

En montant l'escalier, il se dit deux mille, en demanda trois mille, qu'il obtint en faisant pour dix mille francs de billets...

Aux échéances, il fut en défaut et renouvela à des taux usuraires.

Au renouvellement il renouvela encore.

Au rerenouvellement il rerenouvela toujours.

Bref, le mois dernier, on lisait dans les faits-divers de tous les journaux :

« *Il vient de mourir à la maison de Clichy un jeune homme du nom de Benzinet, appartenant à une famille aisée. Ce jeune homme avait été incarcéré depuis peu pour la somme d'un million.* »

* *

C'étaient les cent sous du point de départ !

V

LE MILLION

Avez vous fait une remarque, lecteur ?

C'est que le fait-divers que j'ai eu l'honneur
de vous citer à la page précédente n'avait ajouté
aucun adjectif à ce sommaire énoncé :

 « *Qui vient d'être incarcéré pour la somme
d'un million.* »

Rien de plus.

Pas une pauvre petite épithète.

Ah ! comme voilà bien un des signes du temps !

4

En 1820, on n'aurait pas manqué de mettre :

« Pour la somme *fabuleuse* d'un million. »

En 1840 :

« Pour la somme *énorme* d'un million. »

En 1850 :

« Pour la somme *importante...* »

Depuis 1860, on supprime toute appréciation. On est superbe de dédain.

Un million ! Qu'est-ce que cela ?

Un million ! La belle affaire !

Les Français, — ce n'est pas un reproche que je leur fais, c'est une pure constatation, — ont démoli complétement deux idoles bien différentes.

L'une s'appelait le *Droit divin*, l'autre se nomme le *Million*.

Jadis, — aux temps de naïveté, — le Droit divin était un prestige.

Quand on avait dit : le ROI ! les têtes se courbaient d'elles-mêmes et comme machinalement.

Mais survinrent les ébranlements sociaux. D'a-

bord un, puis un autre, puis d'autres. Les ci-
toyens français, qui pliaient si bas le genou à
l'idée de souveraineté, furent appelés à faire eux-
mêmes des souverains.

Dès-lors la vénération disparut.

De même pour la majesté du chiffre.

Ce fut d'abord un mythe, un fétiche, une super-
stition que ce total qui apparaissait, entouré d'un
nimbe rutilant, à l'imagination des plus riches.

Avoir vu un millionnaire — et mourir. Car
l'homme qui possédait un million était une
des curiosités de la ville qu'il honorait de sa ré-
sidence.

On les comptait sur la surface du globe, ceux
qui pouvaient dire :

— Je suis millionnaire !

Mais un beau jour, je ne sais quel courtaud
d'arrière-boutique, je ne sais quel gratte-sous à
manches de serge, à force de voir cuisiner les
écus, s'avisa de faire la dînette, lui aussi.

Il tripota, spécula, barbotta, — et soudain apparut devant les badauds stupéfaits en criant :

— J'ai trouvé !

Saluez, manants, je suis aussi riche que mon maître. Dans l'ombre, j'ai manigancé mes intrigues, ourdi mes trames, rogné mes liards.

Saluez, manants.

Moi aussi, j'ai mon million en poche...

Pour cette fois encore les manants saluèrent.

Mais, comme bien vous pensez, à la cinquième ou sixième apparition de ce genre, ils passèrent indifférents, à la centième ils sifflèrent entre leurs dents ou haussèrent les épaules.

Le million était au rabais.

Du moment que tout le monde en fabriquait, la belle malice !

Seulement, ces deux vulgarisations ont produit un double résultat.

Ce qu'on fait trop aisément se défait de même.

D'où tant de révolutions d'une part, tant de banqueroutes de l'autre.

Et tenez, la preuve vivante de ce j'avance, la voilà qui passe.

Ecoutez un peu

> Comme avec irrévérence
> Parle du Dieu ce maraud!...

VII

A LA CRIÉE !

Le maraud, vous l'avez vu maintes fois.

C'est cet homme dépenaillé, voûté, hideux, qu'on rencontre tous les jours sur le boulevard, à l'heure où la halle aux millions vient de fermer.

Son chapeau, — malgré l'habitude de la misère, sa seconde nature, — n'a pu se faire un front qui ne rougisse jamais. Son paletot, — est-ce un paletot? une redingote? un pardessus? — son paletot, comme pour pleurer sa déchéance, s'effiloque par le bas en pendeloques d'étoffe qui ressemblent aux larmes qu'on découpe sur les catafalques. Son gilet, — vrai gilet de Nivelle, — fuit le pantalon qui l'appelle vainement. Ses souliers, dont les talons n'en peuvent plus, se laissent tristement retomber sur le côté.

Un poème de haillons!

Avec cela un teint jaune-roux de casserole mal étamée, des yeux que la lumière fait clignoter; une voix sur laquelle les brouillards ont passé et ont fini par rester définitivement.

C'est ainsi qu'il entre en scène, — sous le soleil ou la pluie, avec le froid ou le chaud, étouffant ou grelotant, — quand trois heures et demie ont sonné à l'horloge parisienne.

Lui! le déguenillé dont l'implacable ironie des contrastes fait le héraut de la fortune publique; lui, dont c'est le métier, — cruelle dérision, — d'aller criant, de son organe lugubrement enroué, par les places et les rues de la bonne capitale:

— *Le cours de la Bourse et de la Banque!*

★
⁎ ⁎

Puis, continuant à ponctuer ses réflexions par
la reprise intermittente de sa ritournelle :

— Rien ne va ! Damné commerce !

Ils n'aiment donc plus à se ruiner, ces amours
de Parisiens !... Allons, voyons, mes petits loups
de Panurge, mangeons-nous les uns les autres !

Est-ce que je n'ai pas été mangé, moi ?

J'en ai tâté. Il faut que les autres en tâtent.
C'est ma grande vengeance et ma petite conso-
lation.

Quand la dernière liquidation m'a eu tout
pris, j'aurais pu, comme le premier venu, me
faire sauter la cervelle. J'ai préféré traîner la
savate. Mais j'avais mon idée, la loi du talion,
quoi !

Et depuis ce temps-là, — ce n'est pas nouveau
tout de même, — je suis là tous les jours que le
bon Dieu fait, pour leur rappeler, de peur d'oubli,

qu'il est des procédés commodes, expéditifs et
infaillibles de se mettre sur la paille.

Allons, mes concitoyens adorés...

Le Cours de la Bourse et de la Banque!

* * *

La profession est rude. On en compte de plus
libérales. Mais, lorsqu'on sait s'y amuser... Voilà,
Monsieur, la grande baisse d'aujourd'hui... Dix
centimes... deux sous. Merci, Monsieur.

Quand je disais qu'il y a de quoi rire... Au
mot de *baisse*, il est venu tout blême.

Peut-être un père de famille qui consomme le
pain de ses enfants.

V'là c'que c'est... c'est bien fait...

Personne ne s'est attendri le jour où j'ai piqué
une tête dans la débine. Pourquoi m'atten-
drirais-je plus que personne?

Et puis, quand les pères se ruinent, c'est une
bonne chose; ça sert d'exemple à leur progéni-
ture.

Le tout est de prendre la question du bon côté, pas vrai ?...

Jour de Dieu ! qu'est-ce qu'ils ont donc aujourd'hui ? Est-ce que le poisson aurait cessé de mordre à l'hameçon ? Est-ce que le pigeon ne vivrait plus pour être plumé ? le mouton pour être tondu ?

Le Cours de la Bourse et de la Banque!

*
* *

Heureusement que, dans les instants où les affaires ne vont pas, on a la comédie pour se distraire.

Liberté des théâtres, numéro un ! Première loge gratis. Représentations en plein vent, données par monsieur et madame Tout-le-Monde.

A force de stationner dans les mêmes parages, je finis par connaître mes artistes sur le bout du doigt. Je parie que je rendrais des points à tous les critiques du lundi pour l'art de découvrir une vocation.

N'est-ce pas, gandin, mon mignon?

Corbleu! quel cortége!...

Un ami... deux amis... trois amis... quatre amis!... Gageons que tu vas payer à dîner à tout cela. C'est toi qui sers un oncle tout entier sur la table, — et ce sont eux qui découpent.

Défie-toi; ils savent où, dans un oncle, se trouvent les meilleurs morceaux. Des estomacs de première classe que je te présente.

Tellement estomacs, qu'il n'y est pas resté de place pour le cœur.

Que veux-tu, gandin, mon mignon? L'amitié de notre époque est à peu près toute taillée sur le même patron.

Le Cours de la Bourse et de la Banque!

*
* *

— Papa, maman... mademoiselle et son futur.

Gentil, le futur quinquagénaire! Comment, imprudent, jouer les vieux-premiers à ton âge!

quand, surtout, pour te donner la réplique, le siècle ne produit plus que des ingénues, sortant du Conservatoire des romans à deux liards.

Vieux-premier, que tu m'affliges!... et ton ingénue aussi! car je devine l'histoire. Elle est ancienne et moderne à la fois.

Papa ou maman, — à moins que ce ne soient tous les deux simultanément, — ont pris le vieux-premier par la main et ont dit à leur enfant :

« Fifille, je te présente Monsieur, que je n'ai vu qu'une fois, — chez le notaire.

» Nous y avons causé chiffres. Monsieur est très-fort en arithmétique.

» Ne le regarde pas et tu pourras être aussi heureuse avec lui qu'avec un autre... »

Et le total de ces deux additions entrera à la mairie un de ces matins.

Vive le sentiment!

Le Cours de la Bourse et de la Banque!

5

*
* *

— Celui-là, je le connais et le reconnais.

Je l'ai rencontré dans le monde, du temps de mes opulences. Je suis bien changé depuis, — mais pas tant que lui, pourtant.

A cette époque, — il ne s'en souvient peut-être plus lui-même, — il écrivait rouge. Quelle plume, bonté divine! C'était éloquent, passionné, fervent, — convaincu surtout! Oui, à preuve qu'au bout d'un an, il a commencé à écrire rose, mais rose si tendre, si tendre que c'était presque blanc.

Le blanc tout à fait est venu l'année suivante.

Puis le vert, le jaune, le noir, le bleu.

Aujourd'hui il est tout au violet.

Il y a des nuances qui se vendent mieux les unes que les autres. Demandez plutôt aux marchands de rubans!

Et dame! la conscience a beau protester...

Le Cours de la Bourse et de la Banque!

＊
＊ ＊

— Ah! ah! mademoiselle Pichenette et son panier à salade!

Le tout en compagnie d'un noble étranger qui
lui a écrit hier.

Aujourd'hui la lettre est arrivée.— La première
levée est faite.

Sans préjudice des suivantes.

Mademoiselle Pichenette donne une si furieuse
occupation aux facteurs!

Dans son pays, elle nourrissait les bêtes. Il lui
fallait sa revanche, à cette candide enfant.

Elle l'a. Qu'elle la garde tant qu'elle pourra.
Parce que, — dans sa spécialité, — quand la
baisse s'en mêle...

Le Cours de la Bourse et de la Banque!

＊
＊ ＊

Sur quoi cinq heures sonnent.

L'homme aux loques met sa marchandise sous son bras, traverse la chaussée, et sa voix se perd dans le lointain en répétant avec des intonations vagues :

— *Le... Cours... de... la... Bourse... et... de... la... Banque!...*

VIII

LES TEMPLES DU DIEU

Quelle Bourse?

Quelle Banque?

1° LA BOURSE

Grand bâtiment rectangulaire, situé rue Vivienne. Ne pas confondre avec le Vaudeville, — quoique dans les deux il soit également d'usage de perdre de l'argent.

5.

Le bâtiment est grec.

Serait-ce lui qui a donné son nom aux joueurs de tables d'hôte?

Il est entouré d'une grille.

Est-ce pour préserver l'édifice ou pour préserver les passants contre les envies qu'ils peuvent d'avoir d'y entrer?

Il est surmonté de deux paratonnerres.

La belle précaution! La foudre est par-dessous.

Outre les deux paratonnerres, on y contemple avec curiosité deux girouettes.

Pourquoi deux?

C'est le seul et unique monument de Paris qui se prodigue ce luxe singulier.

Est-ce pour indiquer aux habitués que leur premier souci, comme leur premier talent, doit être de savoir de quel côté le vent souffle?

Dans ce grand bâtiment, sommairement décrit, il entre du monde de toute espèce.

Depuis M. de Rothscihld et sa dynastie jusqu'aux rôdeurs déguenillés dont les costumes sont des poêmes, — traduits de Chodruc-Duclos.

Les malins vont y chercher les moyens d'éclabousser leur prochain.

Les imbéciles un prétexte pour se suicider.

Les gens de lettres des sujets de roman et de pièces.

Les philosophes des bouts de cigare.

Moi, je n'y suis jamais rien allé chercher du tout, — ce dont vous me permettrez de me féliciter.

Du dehors, j'ai seulement entendu une fois en passant des vociférations abominables.

J'ai couru prévenir un sergent de ville.

— Monsieur, lui ai-je dit, il y a à coup sûr là dedans des gens qu'on écorche tout vifs et qui poussent des cris lamentables.

— Monsieur, m'a-t-il répondu, vous vous trompez ; ce ne sont pas ceux qu'on écorche qui crient ainsi..... au contraire.

Je n'ai pas compris le *au contraire* sur le moment.

Depuis lors, dans les mille neuf cent quatre-vingt-sept volumes qui ont été publiés sur le grand bâtiment, j'ai appris tout ce que je ne savais pas, mais ce que vous savez, à coup sûr, sur les mœurs et coutumes de la Bourse.

Quand un sujet est tombé dans le domaine public, la seule façon originale de le traiter, c'est de le passer sous silence.

Ne m'en demandez donc pas davantage.

2° LA BANQUE

Autre grand bâtiment, dont je serais bien embarrassé de vous dire la forme, — par l'excellente raison qu'il n'en a aucune, ou plutôt qu'il les a toutes.

Un casse-tête chinois en pierres de taille.

En regardant cette construction si laide, dont le dedans est si appétissant, j'ai toujours supposé que c'était une gageure des architectes, qui avaient voulu rendre le contenant hideux, pour dégoûter du contenu.

Eh bien! franchement, — s'il n'ont pas réussi,
— ce n'est pas faute d'avoir réalisé leur pro-
gramme.

Intrà-muros, la légende raconte qu'il y a des
caves pleines de pièces d'or et de billets de banque de tous les crûs.

Chut! ne parlons pas de ces choses-là ; cela ferait comprendre l'ivrognerie.

On voit en outre à l'intérieur de la Banque
des cellules grillées comme les loges du Jardin-
des-Plantes.

Seulement, là, la bête féroce est en deça ; c'est
le public — qui dévorerait, si on le laissait faire,
les écus, les caisses, — les employés peut-être !

C'est dans la cour de la Banque qu'on voit rô-
der les physionomies les plus terribles que j'aie
rencontrées de ma vie.

Ecumeurs de pavé, chercheurs de hasards, bat-
teurs d'estrade s'embusquant là pour guetter
le portefeuille qui pourrait tomber de la poche
du négociant dont on règle le bordereau.

Au besoin, il y a là des entrepreneurs qui se

chargent de faire tomber le portefeuille, — s'il
ne va pas tout seul.

J'oubliais.

Devant la porte de la Banque stationne une
sentinelle. Elle gagne un sou par jour et veille
sur des milliards. Toutes les fois que je l'aperçois, je ne puis m'empêcher de penser qu'il y des
gens qui gagnent des milliards, mais à qui je ne
m'en fierais pas pour veiller sur un sou.

J'oubliais encore :

La Banque est l'établissement où l'on tient le
genre de papeterie qui a été, est et sera toujours
le plus à la mode.

Je voudrais pouvoir vous dire que c'est là que
je me fournis, mais la première règle dont l'écri-
vain doive se soucier, c'est le respect de la vraisemblance.

IX

L'ÉCOLE DES CAISSIERS

De même que l'argent a des temples, il a des pontifes.

Ces pontifes-là, nous le verrons en les passant en revue, ne sont pas tous garantis sur facture; mais je n'en sais pas de plus respectable que cet homme assis devant son bureau, et travaillant à la clarté d'une lampe blafarde.

C'est l'homme addition, le compteur vivant, le Tantale perpétuel.

C'est le caissier.

Voyez !

Les chiffres succèdent aux chiffres. L'horloge sonne minuit et demi.

Car il s'agit d'un règlement de compte de fin de mois et la plume court toujours sur le papier. Et, accablé mais non vaincu par la lassitude, le caissier continue à écrire tout en se parlant à lui-même :

*
* *

— Minuit et demi !

Allons ! la nuit entière y passera. C'est la troisième. Je succombe à la fatigue et pas même un remerciement...

Te remercier !.. Pourquoi? ne paie-t-on pas tes peines au-delà de leur valeur?... Quelques centaines de francs à la fin de chaque mois; c'est splendide... Estime-toi heureux, pauvre diable, qu'on n'ait pas déjà accordé à un autre ta place ardemment convoitée.

Voilà pourtant quelle épée de Damoclès plane

incessamment sur ma tête ! Un signe du patron et les services rendus, les affronts subis, les nuits passées, tout cela sera mis à néant. A quoi bon se gêner avec un serviteur ? On le paie, on le renvoie, — et tout est dit !

Reprenons nos additions.

Je ne sais d'où vient que je me sens en proie à une surexcitation nerveuse... Dix et dix vingt, et soixante-cinq font quatre-vingt-cinq, et dix cent cinq, sept cent...

Je dois avoir sept cent mille francs en caisse.

Assurons-nous-en.

En effet le chiffre est exact. Cinq liasses de billets et le reste en valeurs... sept cent mille francs ! une fortune !... si je l'avais à moi... Allons-donc ! du courage ! Préparons maintenant les bordereaux.

*
* *

Quel est ce bruit ?

L'écho d'un quadrille ! Il y a soirée chez le patron. Tout le monde s'amuse, tandis que je suis rivé à la chaîne. Il doit être beau, ce bal ! Il doit réunir toutes les élégances. J'aperçois à travers les rideaux des silhouettes enlacées.

Il me semble que toutes ces femmes que j'entrevois doivent être belles.

Belles comme elle... Elle qui ne m'aimera jamais... Je suis trop humble pour son amour... Ah ! si j'avais sept ces cent mille...

Préparons les bordereaux.

Non ! j'ai la fièvre ce soir... Toute une vie de bonheur dans ces misérables chiffres !...

Préparons donc les bordereaux !

« *Reçu la somme de...* »

Avec sept cent mille francs on peut avoir chevaux, voitures, amis à discrétion... on peut...

Non, je ne préparerai pas les bordereaux aujourd'hui ! Malgré moi mon cerveau bouillonne, mes idées se brouillent, ma plume refuse d'avancer.

Tout de même si l'on voulait en simulant un vol nocturne, on pourrait aisément dépister les soupçons.

Mais c'est une infamie que...

La joyeuse existence !... On danse une mazurka maintenant chez le patron, — on danserait aussi chez moi.

Il me suffirait de prétexter un gain de bourse... un héritage...

D'ailleurs j'attendrais, s'il le fallait un an... deux ans... je me laisserais oublier, puis.   .   .

. . . .

. . . .

*
* *

Je les ai là ; dans ma poche ! Les sept cent mille francs ! Ils me brûlent !

J'ai pris le train-express de cinq heures du matin... je m'embarque dans une heure pour l'A-mérique.

Moi qui voulais rester pour détourner les soup-çons, comme s'il m'eût été possible de braver le regard de l'homme que j'avais dépouillé.

Je puis à peine soutenir celui des étrangers.

Au chemin de fer, quand j'ai pris mon billet, l'employé m'a demandé :

— *Pour Brest*, n'est-ce pas ?

Pour Brest !

Sa voix en prononçant ces mots m'a paru ironique.

J'ai cru que j'étais reconnu et j'ai failli tomber à genoux.

Que me veut cet homme qui m'observe ?

Il s'avance vers moi ! quelque agent déguisé !.. je suis perdu !

*
* *

J'ai couru ainsi pendant une heure, puis j'ai rencontré une charrette de paysans et je leur ai demandé s'ils voulaient me conduire au village voisin. J'ai eu tort. Si ces paysans allaient soupçonner que j'ai sur moi... Ils chuchottent ensemble. Ils me tueront peut-être pour me voler. Pourquoi ne seraient-ils pas des voleurs, — comme moi !...

Arrêtez, je veux descendre... je me sens malade... laissez-moi.

*

* *

Maintenant que je suis seul, — dans ce bois sauvage, — je vais enterrer mon trésor au pied d'un arbre, auquel je ferai une marque, pour le reconnaître.

Mais cette marque d'autres pourront la surprendre ; ils devineront peut-être, et en creusant à leur tour... Marchons au hasard ; la marche trompera mes angoisses.

Voici une auberge. Mangeons et buvons. Non ! ne buvons pas. Si le vin m'arrachait mon secret !

Je ne puis pas manger non plus. Mon estomac semble serré, serré... Je souffre horriblement. Conduisez-moi à ma chambre. Le sommeil me calmera sans doute.

*

* *

Est-ce que l'on dort après un crime ? Oui, un crime ! je suis un criminel ! moi !

Mon signalement doit être porté par le télégraphe à tous les coins de la France. Déjà tout Paris doit connaître la nouvelle du vol !

Je ne trouverais plus une main pour serrer la mienne ; ma mère elle-même doit me maudire !

Oh ! si je pouvais le reprendre, ce joug du travail qui me paraissait trop lourd ! Comme je le trouverais léger aujourd'hui ! Comme il me semblerait bon l'argent gagné, à présent que j'ai connu les souffrances de l'argent volé.

Ma chambre était haut placée, mais j'abrégeais l'escalier avec un refrain ; la couche était ure, mais j'y dormais si doucement ! Le labeur ait pénible, mais il donnait une saveur plus âpre au plaisir conquis.

J'entends un pas pesant, il se dirige de mon côté... Saute par la fenêtre, et en marche, Juif-Errant de l'improbité !

★
⁂

En sautant je me suis déboîté le pied ; j'endure d'atroces tortures.

A grand'peine, je me suis traîné derrière un mur qui me dérobe aux yeux des passants, mais que m'importe? si j'échappe aux poursuites des hommes, je n'échappe point à celles de ma conscience.

Mes forces s'épuisent peu à peu. Le froid me gagne. Essayons de marcher. Tous mes efforts sont inutiles. C'en est trop. Je suis las de cette existence misérable. Je veux expier ma faute. Cette fois je ne me trompe pas; c'est l'allure pesante des chevaux de la gendarmerie. Par ici! à moi!...

Le pauvre homme! dites-vous. Je ne suis pas un pauvre homme. Je suis un voleur. J'ai dérobé sept cent mille francs à mon patron. Les sept cent mille francs, les voici. Je ne saurais les garder sur moi une minute de plus.

Conduisez-moi maintenant en prison. Un aveu, cela soulage!

*
* *

Les jurés sont en délibération depuis un quart d'heure. Que vont-ils décider? Mon avocat vient de tenter de me disculper; c'était pour lui un exercice gymnastique, mais je ne crois pas à l'indulgence...

Comme ils tardent à prononcer! La sonnette fatale!... coupable et sauf circonstances atténuantes. Travaux forcés à perpétuité.

Un cri a répondu dans la salle à cet arrêt terrible.

J'ai reconnu la voix de ma mère... Mon Dieu! secourez-la... laissez-moi aller l'embrasser une dernière fois!...

*
* *

Et le caissier se réveille en sursaut; la tête dans la main, le bras appuyé sur son bureau.

La lampe, pendant son cauchemar, a rempli la pièce d'une fumée âcre, l'horloge sonne cinq heures du matin. Les additions sont sur la table; les sept cent mille francs sont dans le coffre.

Le caissier rallume la lampe, enferme à triple tour les billets de banque, et recommence avec une ardeur joyeuse les additions.

La tentation a fui pour ne jamais revenir.

*
* *

MORALE : — Malheureusement il y a des caissiers qui ne rêvent jamais.

X

UNE ÉTUDE D'HUISSIER

Autres pontifes — d'espèce fort différente.

La scène se passe le matin, chez un huissier.

Heure où les employés prennent leur nourriture. — Le petit clerc ou saute-ruisseau, nommé par l'usage commissaire des vivres, vient de remonter avec les approvisionnements accoutumés.

LE SAUTE-RUISSEAU.

Demandez, faites-vous servir, v'là le Véfour qui passe!

LE PREMIER CLERC, tenue dans laquelle perce déjà l'amour
de la morgue et de la domination.

Monsieur Pignolet, je vous ai déjà défendu d'é-
lever ainsi le verbe dans l'étude.

LE SAUTE-RUISSEAU.

Pardon, mossieu, je croyais qu'il y avait une
exception en faveur du verbe *manger*.

(Le second et le troisième clerc daignent accueil-
lir ce mot par un éclat de rire qui témoigne
de leur indulgence.)

LE PREMIER CLERC, vexé.

Encore une fois, Messieurs, et l'observation est
ici gé...né...ra...le, je vous rappelle à la gravité
qui convient à vos fonctions.

LE SECOND CLERC, nature de viveur déclassé, fait des vaudevilles
secrets.

Pour trois francs trente-trois centimes par jour,
on n'en a guère de gravité, au prix où est le
bifteck...

LE TROISIÈME CLERC, jeune homme naïf placé par sa famille
pour travailler sérieusement.

Avec tout cela nous ne déjeunons pas, et le
patron me grondera si je n'ai pas fini de...

LE PREMIER CLERC.

Vous avez raison. Pignolet, mon jambon?

LE SAUTE-RUISSEAU.

Bayonne dans sa gelée! Voilà.

LE PREMIER CLERC,

Comment! il n'y en a que cela...

LE SAUTE-RUISSEAU.

Faudrait peut-être pour dix sous que le char-
cutier vous donne trois plats au choix, le dessert,
le café et une paire de pantoufles.

LE PREMIER CLERC.

Ces observations sont déplacées.

LE SAUTE-RUISSEAU.

Pourquoi a-t-on l'air de suspecter mon hon-

7

neur?... Votre côtelette va refroidir, monsieur
Jules.

LE TROISIÈME CLERC.

Je ne lui en laisserai pas le temps... donne
vite! si le patron rentrait...

LE SECOND CLERC.

En voilà une scie avec son patron... Pignolet, tu
as oublié mon cornichon.

LE SAUTE-RUISSEAU.

Je l'aurai laissé tombé dans l'escalier, je vais
voir.

LE SECOND CLERC.

Inutile... Soumettons la probité de nos concitoyens à l'épreuve. Si on me le rapporte, je fais
mettre ce beau trait dans le journal de mon ami
Folandard... Tiens, mon veau piqué qui se pavane
dans un fragment de comédie... (*Lisant.*) « Toi-
nette, si le duc vient, vous lui direz que... que... je
suis allée me faire vacciner. » C'est, ma foi très-

bien écrit! Ce doit être du répertoire de la Comédie-Française!... Je voulais y présenter ma
dernière œuvre!... mais un reste de modestie
m'a retenu, et je me suis décidé pour Bobino.

LE SAUTE-RUISSEAU.

Un *rup* théâtre... J'y ai vu jouer *Gare l'Eau*,
dans les temps.

LE SECOND CLERC.

On fait mieux que cela, mioche. Ecoutez plutôt,
mes enfants : — La scène représente un wagon
de chemin de fer. Dans un coin un monsieur, dans
l'autre une dame qui prend son compagnon pour
Jud...

LE TROISIÈME CLERC.

Si vous causez tout haut, il n'y a pas moyen de
travailler, et quand le patron rentrera...

LE SECOND CLERC.

Quel type!... je le collerai dans ma prochaine
machine.

LE PREMIER CLERC.

Monsieur Jules a raison, l'heure passe.

LE SECOND CLERC.

Ce n'est pas comme mon veau. . jusqu'alors il s'obstine à ne pas passer... Une bouteille pour quatre!... ce n'est pas étonnant.

LE PREMIER CLERC.

C'est la règle établie par le patron.

LE SECOND CLERC.

Il manque alors complétement de principes en fait d'irrigation.

LE PREMIER CLERC.

Au travail! Nous avons pour aujourd'hui vingt saisies, trente commandements, quarante protêts...

LE SAUTE-RUISSEAU.

J'entends monter quelqu'un.

LE TROISIÈME CLERC, ému.

Si c'était le patr...

LE SECOND CLERC.

Il est trop vertueux ce garçon-là, il finira mal.

LE SAUTE-RUISSEAU.

Je me suis trompé, le convoi ne s'arrête pas à notre station.

LE PREMIER CLERC, écrivant.

« Mobilier dont le détail suit : six chaises, une armoire à glace... »

(Entre une dame à moire tapageuse, à allures familières).

LE SAUTE-RUISSEAU, bas au second clerc.

Si j'étais que des vers-à-soie, c'est ça qui m'humilierait de voir mes produits tourner si mal...

LE SECOND CLERC.

Forte femme!... Il m'en faudrait une comme ça pour jouer la *Pierre de Taille* dans la Revue que je destine à Belleville.

7.

LA DAME.

Monsieur Michonot?

LE PREMIER CLERC, obséquieux devant les soieries.

Il est sorti, Madame ; mais si c'est quelque chose qu'on puisse lui dire...

LA DAME.

Mon vieil ourson de propriétaire m'a fait pincer mes bibelots.

LE PREMIER CLERC, se renfrognant.

Ah ! une saisie !

LE SAUTE-RUISSEAU.

Tout ce qui reluit n'est pas...

LA DAME.

Comme c'est après-demain qu'on doit me vendre mon établissement, et que j'en ai appelé...

LE PREMIER CLERC.

Nous ne pouvons rien, Madame,...

LA DAME.

On ne vous en demande pas davantage, bel homme! On a réglé déjà sa petite affaire à l'aimable avec son vautour. Comme si, quand on a des yeux et qu'on sait en rouler, la propriété pouvait rester inexorable!

LE SECOND CLERC.

Il faudrait qu'elle eût le goût bien perverti... Si je pouvais la décider à jouer la *Pierre de taille!*..

LA DAME.

De sorte que, au cas où il ne viendrait pas, j'ai pensé pour lui à vous informer de l'arrangement.

LE PREMIER CLERC.

Mais...

LA DAME.

Si ça vous amuse de continuer, allez-y gaiement; c'est lui qui paiera les poursuites. — Inutile de me reconduire, je connais l'escalier.

(Elle sort en ricanant.)

LE SECOND CLERC.

Pas de chance!... Au moment où je circonvenais la place...

LE TROISIÈME CLERC.

Si le patron savait que vous voulez suborner les clientes...

LE SECOND CLERC.

Jouvenceau, je ne vous donne pas dix ans de cet exercice pour être pensionné des autorités de Charenton.

LE PREMIER CLERC.

Il a raison... Cette péronelle...

(Entre un artiste.)

L'ARTISTE.

Monsieur Michonot?...

LE PREMIER CLERC.

Sorti...

L'ARTISTE.

Ah diable! J'avais une communication... Je

suis le sculpteur des Ternes chez qui il doit saisir
ce matin...

LE PREMIER CLERC.

Monsieur, l'ordre est formel!...

L'ARTISTE.

Je serais désolé de le contrarier ; seulement, je
venais le prévenir de ne pas se déranger ; j'ai pris
la peine de tout déménager ce matin, — de minuit à trois heures... Oui, que voulez-vous, c'est
un des rares priviléges de la solitude des quartiers
récemment annexés. Messieurs, je ne vous dis pas
adieu, mais au revoir... C'est plus prudent.

LE SECOND CLERC.

Splendide! Quelle entrée pour une pochade!...
Je le fourrerai dans une comédie ce pistolet-là...

LE PREMIER CLERC.

Je vous conseille de rire...

LE TROISIÈME CLERC.

Le patron ne rira pas, lui...

LE SAUTE-RUISSEAU, bas.

C'est juste, il y avait trois minutes et quart qu'il n'en avait parlé...

(Un Monsieur corpulent pénètre dans l'étude; c'est un propriétaire.)

LE PROPRIÉTAIRE, d'un ton qui sonne les écus.

Il n'est pas là, Michonot?

LE PREMIER CLERC, saluant jusqu'à terre.

Non, Monsieur.

LE PROPRIÉTAIRE.

Je venais pour les deux saisies de ma maison. — Je lève la première, celle de Mademoiselle Amandine.

LE SECOND CLERC.

La petite de tout à l'heure.

LE PROPRIÉTAIRE.

Quant aux gens du cinquième, vous ferez vendre immédiatement... Vous comprenez, immédiatement!

LE PREMIER CLERC.

Oui, Monsieur.

(Une vieille femme ouvre en ce moment la porte.)

LA VIEILLE FEMME, se jetant presque aux genoux du propriétaire.

Ah! Monsieur, c'est la Providence qui me fait vous rencontrer...

LE PROPRIÉTAIRE.

Que voulez-vous?

LA VIEILLE FEMME.

Rien qu'un délai, mon bon Monsieur... Vous savez que je suis honnête... C'est la maladie de mon pauvre mari qui m'a réduite à la misère...

LE PROPRIÉTAIRE.

Connu! connu! Les locataires ont toujours des prétextes...

LA VIEILLE FEMME.

Monsieur, je vous le jure; et si encore ce n'é-

tait que pour moi... Mais ma chère petite Pau-
line... ma fille... dans la rue... sans asile...

LE PROPRIÉTAIRE.

Laissez-moi tranquille.

LA VIEILLE FEMME, se tournant vers les clercs.

Messieurs, je vous en prie, intercédez pour...

LE PROPRIÉTAITE.

Allez au diable avec vos jérémiades! On vendra
avant huit jours. (A part, en sortant.) Il faut bien
que je rattrappe ce que va me coûter Amandine.

(On entend les sanglots de la vieille qui descend l'escalier.)

LE TROISIÈME CLERC, s'essuyant un œil.

La malheureuse!... Ça m'a fendu le cœur.

LE PREMIER CLERC.

Monsieur Jules, vous qui avez envie d'arriver,
rappelez-vous que les sensibilités puériles désho-
norent notre profession...

LE SAUTE-RUISSEAU.

Chut! le patron!...

LE SECOND CLERC.

Le patron! S'il a entendu ce que vient de dire le principal, il est capable de lui donner de l'augmentation.

XI

ECCE HOMO.

Le patron a dû entendre, car le voici qui justement sort de son cabinet.

Dans le monde du roman, il existe certaines conventions auxquelles il est, à ce qu'il paraît, impossible de se soustraire.

On y tient des *types tout faits,* — de même que les paletots des maisons de confection, — et chaque intrigue s'en habille, comme elle peut.

Vous n'y verrez jamais, par exemple, un gourmand qui ne soit pas replet, un avare qui ne soit pas étique, un hypocrite qui ne marche pas les

yeux toujours baissés, probablement pour prévenir ceux qu'il veut duper; un ancien militaire
qui ne sacre pas; un notaire qui n'ait pas des lunettes d'or.

Malheureusement la réalité s'accommode mal
de ces moules-omnibus et continue à pratiquer la
variété, qui est sa règle générale, en dépit des ro-
manciers.

Si donc vous me demandiez un croquis du
fonctionnaire public qu'on nomme huissier, je
serais forcé de vous répondre :

— Qu'il est grand, quand il n'est pas petit, —
à moins qu'il ne figure dans les tailles moyennes ;

Qu'il est maigre, quand il n'est pas gras, — à
moins qu'il ne soit ni gras ni maigre ;

Qu'il a les cheveux noirs, quand il ne les a pas
blonds, — à moins qu'il ne les ait gris ou rempla-
cés par une complète calvitie ;

Qu'il a enfin l'air rébarbatif, quand il n'a pas
l'air aimable, — à moins qu'il n'ait l'air absolument indifférent.

Si maintenant vous désirez passer à l'examen moral, je consulterai à votre intention un débiteur, lequel me répondra aussitôt :

— L'huissier, Monsieur !...

La peste, le choléra, le fléau de Dieu !

Le boureau des porte-monnaie ; le tortureur des mobiliers.

Fusionnez Attila, Néron, Tibère, Louis XI, Glocester, Mahmoud, toutes les célébrités de la cruauté, toutes les notabilités féroces ; faites bouillir, bouillir, bouillir, — et de la quintessence vous aurez un huissier.

Mais que je consulte ensuite un créancier, et il s'empressera de me dire :

— L'huissier, Monsieur !...

Un sauveur, un idéal, une providence !

Le Montyon des protêts ; le saint Vincent de Paul des notes abandonnées.

Amalgamez la pureté, l'amour du devoir, le respect des chiffres, la rigide austérité, l'incorruptibilité absolue, — et un huissier sera le produit net de votre mélange.

Heureusement, si rapprochés qu'ils soient, il y a encore une petite bande de terrain entre le Capitole et la Roche Tarpéienne, — et presque toujours la Vérité se tient à égale distance de l'apothéose et de la lapidation.

L'huissier est un homme ; — je ne crois pas m'écarter des saines notions de l'histoire naturelle en l'affirmant.

En sa qualité d'homme, il a ses défauts comme il a ses qualités. Ces défauts consistent le plus souvent en une cravate blanche, un habit noir et l'endurcissement chronique de l'article sensibilité.

On s'habitue bien à avaler des lames de sabre, à plus forte raison à en faire avaler aux autres.

Vous savez la fameuse réponse du président à Jean Hiroux :

— Accusé, on vous en changerait que ce serait absolument la même chose.

De même pour l'huissier.

On les changerait tous, que leurs successeurs, au bout d'un mois d'exercice, seraient identiquement semblables.

Je parle, bien entendu, au point de vue des relations officielles. Car, dans la vie privée, les bons époux, bons gardes nationaux et bons pères sont aussi communs là qu'ailleurs.

Il est même des cas où ceci peut tuer cela ; des cas où les faiblesses du simple particulier peuvent ébranler l'officier ministériel.

Un huissier attendri, — attendri jusqu'au point d'être refait !

C'est invraisemblable. N'importe. C'est !

Mais aussi je vous donne cet exemple, — unique à ma connaissance, — pour le chef-d'œuvre des chefs-d'œuvre.

Robert Houdin, Bosco, Robin, négociants en prodiges, entrepreneurs d'enchantements, oyez et dites-moi si jamais vous avez fait aussi fort que le sorcier B..., de son état peintre de paysages.

XII

UN CONTE FANTASTIQUE

SCÈNE PREMIÈRE

Le peintre B.... est tout seul dans son atelier.

Des soucis semblent assombrir son front, il se promène avec agitation en se parlant à lui-même:

— « *Faute de quoi, dans le délai de trois jours, il se verra contraint par voie de saisie à solder ladite somme de cent francs.* »

Horrible! Horrible!... Et penser que le gou-

vernement prend sous le patronage de son timbre
un style qui fait servir notre belle langue à ces
monstrueux usages.

La somme de cent francs!... Demander à un
artiste, encore incompris des masses, de pareilles
orgies de numéraire... Me prend-il pour un épicier enrichi, cet abominable sieur...?

Au fait, comment s'appelle-t-il cet huissier
maudit?... Signé : *Pannotin*... Pannotin me
sourit assez, malgré d'insoutenables prétentions
au jeu de mot...

Ce qui n'empêche pas que Pannotin a verba-
lisé outrageusement contre le splendide mobilier
dont ces lieux sont ornés... Chers compagnons de
ma débine, buffet qui jouis si souvent des béné-
fices de la sinécure ; armoire qui sais combien la
Banque se montre cruelle à mon égard, en refu-
sant de répondre à mes avances par quelques
autres.....

Vieux amis, il va falloir avant peu.....

Que dis-je avant peu !... Je commettais une in-
fraction à l'art de vérifier les dates.

La prose de Pannotin est du 12, c'est aujour-
d'hui le 16... Mais alors je suis sur le penchant
de l'abîme.

Il va venir ! il va venir celui que mon cœur...
Qu'entends-je? On monte l'escalier... Ce doit être
lui. B..., mon ami, de la tenue devant le bourreau !
qu'il ne croie pas que ses libelles atteindront
jamais à la hauteur de mes dédains.....

(Il s'assecit devant son chevalet et semble bros-
ser avec fureur un *Marius à Minturnes*).

SCÈNE II

LE MÊME, UN HUISSIER, UN DE SES ACOLYTES,

UN ENFANT.

— Pan, pan !
— Entrez !

L'HUISSIER.

C'est bien ici l'atelier de M. B... ?

L'ARTISTE,

Lui-même, Monsieur.

L'HUISSIER.

Fort bien. Entre, Alfred, et sois bien sage.

L'ARTISTE, à part.

Un mioche !... Le sien sans doute..... Quelle idée! Pannotin, Pannotin! à nous deux !...

SCÈNE III

LES MÊMES, moins L'ACOLYTE, qui est descendu chercher de l'encre pour verbaliser.

L'HUISSIER.

Veuillez m'excuser, Monsieur... Vous devez savoir le motif qui m'amène.....

L'ARTISTE.

Vaguement, mais avec certitude... L'argent que

ma famille doit m'envoyer n'étant point arrivé encore, vous pouvez faire votre devoir...

L'HUISSIER, à part.

Il est résigné et poli. (Haut.) Monsieur...

L'ARTISTE, feignant de peindre avec furie.

Plait-il?

L'HUISSIER.

Vous me pardonnerez également d'avoir amené avec moi mon jeune fils... Toto, ne touchez à rien... Comme il est un peu tard, et que sa mère m'attend au chemin de fer à quatre heures, j'ai pris la liberté... Plutôt que de retourner à la maison... Toto? qu'est-ce que c'est?

L'ARTISTE, relevant la tête.

Comment donc! oh! le charmant enfant! c'est Monsieur votre fils...

Oui, Monsieur...

9

L'ARTISTE.

Vous êtes un heureux père. Approche donc mon ami. (Toto s'approche de l'artiste.) Quels yeux !

L'HUISSIER.

En effet, sous ce rapport il tient de sa mère. (A part.) Il est vraiment fort bien ce jeune peintre. Il est malheureux qu'il se trouve dans une position si gênée...

SCÈNE IV

LES MÊMES, plus L'ACOLYTE qui rentre.

L'ACOLYTE.

Voilà l'encre, patron, il est trois heures et quart.

L'HUISSIER.

Trois heures et quart? Je n'ai que le temps de dresser l'inventaire au galop... Ecrivez: une commode en bois de chêne. (A l'artiste.) C'est bien en bois de chêne ?

L'ARTISTE.

Un Greuze, Monsieur, un vrai Greuze...

L'HUISSIER.

Plaît-il ?

L'ARTISTE.

Un vrai Greuze... C'est de votre fils que je parle. Oui, Monsieur... pour un artiste, c'est une trouvaille qu'une figure pareille ! Ah ! j'envie votre sort !...

L'HUISSIER.

Vous êtes trop aimable... Le gamin est gentil...

L'ARTISTE.

Gentil ! Sans doute pour les profanes, mais pour les gens du métier ! Il serait impossible de ne pas faire un chef-d'œuvre avec cette tête-là...

L'HUISSIER.

Vous croyez ?

L'ARTISTE.

J'en suis sûr... Veux-tu m'embrasser, mon
mignon... Oui, prends ce crayon... Tu joueras
avec... (Poussant un soupir.) C'est malheureusement
une des seules choses qui ne doivent pas cesser de
m'appartenir!

L'HUISSIER, se détournant pour cacher son émotion.

Continuez à écrire, Monsieur Léon... Une armoire en noyer... deux chaises de canne... un
divan recouvert en damas...

L'ACOLYTE.

Pas si vite, s'il vous plaît, patron.

L'HUISSIER.

Dépêchez-vous, que diable ! (A part.) Je n'ai jamais éprouvé ce que je ressens en instrumentant
contre cet excellent jeune homme.. (Haut.) Nous
disons : chaises.....

L'ARTISTE.

Aucun peintre, monsieur, ne vous a-t-il jamais
demandé à faire poser ce cher enfant?

L'HUISSIER.

Aucun...

L'ARTISTE.

C'est qu'il n'a été donné à aucun de nos maîtres de le voir... Si Ingres ou Delacroix avait.....

L'HUISSIER.

Vous pensez que ces Messieurs auraient con- senti...

L'ARTISTE.

Ah! Monsieur, je voudrais avoir leur talent pour interpréter dignement ses traits... Embrasse- moi encore, mon mignon...

L'HUISSIER.

Monsieur fait le portrait?

L'ARTISTE.

Rarement... Je m'occupe de grandes toiles historiques. Il faut que je rencontre un modèle semblable pour consacrer mon pinceau à ce genre, ordinairement si ingrat.

9.

L'HUISSIER.

Le fait est...

L'ARTISTE.

N'est-il pas vrai, Monsieur? Cela tombe sous le sens. Peindre toutes les difformités et toutes les banalités des visages qui courent les rues, est une triste besogne. Nos contemporains sont si laids, en général. Hé! hé! hé!

L'HUISSIER.

Il faut avouer qu'ils ne sont pas beaux... Hé! hé! hé!

L'ARTISTE.

Mais, pardon, Monsieur, je vous empêche d'accomplir vos devoirs.

L'HUISSIER, rappelé à la réalité.

Une fontaine à filtre, un poêle en fonte, une glace... Elle est à vous, Monsieur, et non à la maison?...

L'ARTISTE.

Elle est... ou plutôt elle était à... Sapristi ! j'ai
trouvé.

L'HUISSIER, vivement.

Quoi donc?

L'ARTISTE.

Je cherchais, depuis une demi-heure, la ressemblance de ce chérubin.

L'HUISSIER.

Eh bien ?

L'ARTISTE.

Eh bien ! c'est absolument la tête du petit saint
Jean dans une toile de Raphaël.

L'HUISSIER.

Qui?... Toto?... La tête du petit saint Jean!
dans Raphaël!... Ah! Monsieur, si sa mère vous
entendait, vous la combleriez de joie... car cet
enfant, je puis vous l'avouer, puisque vous parais-
sez comprendre les choses du cœur...

L'ARTISTE, sombrant sa voix.

Si je les comprends !

L'HUISSIER.

Cet enfant est notre orgueil...

L'ARTISTE.

Sentiment bien naturel, et qui est justifié de
toutes les façons... Ah! Monsieur...je ne suis pas
riche...

L'HUISSIER, ramené par ce mot à ses fonctions.

Pardon de vous entretenir ainsi de sujets qui
vous sont étrangers... Nous disions donc que cette
glace est à vous...

L'ARTISTE.

Etait à moi... Ah! Monsieur, j'ai l'honneur de
vous le répéter, je ne suis pas riche, mais je donnerais bien un million, si je l'avais, pour être le
père d'un enfant semblable...

L'HUISSIER, candidement.

J'avoue qu'il me serait cruel d'être placé dans cette alternative.

L'ARTISTE.

Est-ce que jamais un peintre ne vous a demandé la permission de croquer cette tête exquise ?

L'HUISSIER.

Nous avons seulement une fois été sur le point de le faire faire en photographie.

L'ARTISTE, avec une indignation superbe de vérité.

Permettez, je vous le défends ! Je vous le défends au nom de l'art.

L'HUISSIER, troublé.

Comment ?...

L'ARTISTE.

Ce serait un crime ! Oui, Monsieur, un crime que de livrer aux infamies du collodion ce type sans pareil... Et tenez !... si j'osais... je vous de-

manderais la permission de vous offrir pour madame votre épouse un profil de ce petit ange, en
deux coups de crayon .

L'HUISSIER.

Par exemple, Monsieur.

L'ARTISTE.

Ne me refusez pas, ce serait une privation pour
moi .

L'HUISSIER, tout à fait sensibilisé.

Monsieur B... je vous suis, croyez-le, profondément reconnaissant, mais...

L'ARTISTE.

Je devine... Vous craignez qu'un simple croquis ne puisse traduire toutes les finesses d'un tel
modèle... Vous avez raison, Monsieur, et cette
crainte dénote en vous de vraies connaissances
artistiques.

L'HUISSIER.

Quand j'étais au collége, en effet, j'ai eu en quatrième un prix de dessin.

L'ARTISTE.

Je l'aurais parié... Eh bien, Monsieur (souriant gracieusement), puisque nous sommes presque confrères, vous m'accorderez la faveur de peindre à l'huile *notre* cher enfant.

L'HUISSIER.

Monsieur B..., votre délicatesse me pénètre... je l'apprécie; mais justement à cause de cela je veux y répondre dignement...Vous êtes peintre... vous vivez de votre talent.

L'ARTISTE.

Du moins je n'en suis pas encore mort.

L'HUISSIER.

Quel est votre prix ordinaire pour un portrait du genre de celui que...

L'ARTISTE.

Mon prix!... Il est bien question de cela.

L'HUISSIER.

Je vous en prie.

L'ARTISTE, nonchalamment.

Cinq cents francs, parbleu ; mais pour avoir le plaisir d'interpréter cette expression fine et douce, on m'en offrirait quatre cents, trois cents, deux cents...

L'HUISSIER, croyant saisir une occasion unique.

Deux cents francs... c'est affaire entendue.

L'ARTISTE.

Comment!... entendue?

L'HUISSIER.

Quand voulez-vous commencer ?

L'ARTISTE.

Sérieusement?... Mon Dieu, demain... (S'interrompant soudain.) Aïe!...

L'HUISSIER.

Qu'avez-vous?

L'ARTISTE.

Rien.

L'HUISSIER.

Mais, si.

L'ARTISTE.

J'ai qu'il n'y faut plus songer... J'oubliais que
je vais...

L'HUISSIER.

Que vous?...

L'ARTISTE.

Rien... Il est inutile de penser davantage à cette
combinaison... Pauvre chérubin!... Je lui dois
ainsi, sans qu'il s'en doute, un des chagrins les
plus cuisants de ma vie.

(Il embrasse la postérité de l'huissier.)

J'avais déjà combiné mon effet... De trois quarts,
comme cela (Il pose l'enfant.), avec une draperie rouge
au fond, pour faire valoir ce teint vénitien.

10

L'HUISSIER.

Vénitien !... Mais enfin pourquoi, après que
tout est entendu, refusez-vous soudain de...

L'ARTISTE.

Il y a des situations délicates dans lesquelles un
galant homme est condamné au silence.

L'HUISSIER.

Je vous en prie.

L'ARTISTE, avec componction.

Je craindrais que vous n'y vissiez une allusion
blessante pour le ministère que vous exercez.

L'HUISSIER.

Ne craignez pas.

L'ARTISTE.

Eh bien! puisque vous l'exigez, il faut bien vous
avouer que cette saisie, en me dépossédant de ce
que je possède, de ce que je n'aurai pas, hélas! le

moyen de racheter, va me forcer d'interrompre
mes travaux, de renoncer peut-être à l'art.

L'HUISSIER.

Qu'à cela ne tienne. La saisie est de cent francs.
Je désintéresserai moi-même le créancier.

L'ARTISTE.

Monsieur, je ne sais si je dois...

L'HUISSIER.

Comment donc! C'est encore cent francs qui
vous reviennent.

(Il tire son portefeuille.)

L'ARTISTE.

Je vous en prie.

L'HUISSIER.

Permettez! Vous me désobligeriez... Ne com-
mencez-vous pas demain le portrait de mon fils?

L'ARTISTE.

Puisque vous l'exigez!...

(Il empoche le billet.)

ÉPILOGUE

Le même soir à la brasserie.

L'ARTISTE, commandant.

Garçon! Une troisième choucroûte énormément garnie.

LE GARÇON.

Boum!

L'ARTISTE.

Laissez-moi achever, garçon... Et un septième bock énormément rempli !

CHOEUR DE CAMARADES.

Quel est donc ce mystère?... B... qui soupe à discrétion et paie comptant. B... sonnant l'or... B..., où t'es-tu procuré ces tintements métalliques? Que B... réponde! B..., un discours !

L'ARTISTE, montant sur la banquette.

Messieurs, las de végéter, j'inaugure aujour-
d'hui ma carrière sérieuse.

LE CHOEUR.

Bravo !... Sur la table, B...!

L'ARTISTE.

J'ai dit à jamais adieu aux ressemblances garanties dans les 15 francs, seules inspirations auxquelles j'eusse dû jusqu'ici le pain de mes jeunes
jours.

LE CHOEUR.

Pas de poésie !

L'ARTISTE.

Messieurs, j'ai une commande d'un portrait de
200 francs.

LE CHOEUR.

Tu tournes à la fable.

10.

L'ARTISTE.

Sur l'honneur.

LE CHŒUR.

Et quel est ce Mécène?... Un millionnaire! Un aveugle!... Un philanthrope.

L'ARTISTE, baissant modestement les yeux.

Messieurs, c'est un huissier!

En entendant cette déclaration, le chœur ne trouve pas un mot qui puisse peindre son admiration. Il se contente de se ruer sur B..., qui est hissé sur les épaules de l'assemblée et promené triomphalement autour de la salle.

Tableau.

XIII

Au temps passé on l'appelait M. Dimanche.
Il était très-drôle. Lisez plutôt Molière.

— Comment se porte madame Dimanche?
— Fort bien, monsieur; merci.
— C'est une brave femme.
— Elle est votre servante, Monsieur. Je venais...

— Et votre petite fille Claudine? Comment se porte-t-elle?

— Monsieur, le mieux du monde.

— Et le petit Colin?... et le chien Brusquet?...

Vous savez la scène par cœur.

Lui aussi maintenant; et il l'a retournée sans cérémonie contre son débiteur qu'il berne à son tour :

— Comment se porte madame Dimanche?

— Cela ne vous intéresse pas, Monsieur.

— Par exemple! C'est une brave femme.

— En ce cas vous devriez bien tâcher de ne pas la rendre malade en nous escroquant notre dû.

— Et votre petite fille?

— Quand vous m'aurez payé, j'aurai de quoi la mettre en pension.

— Et le chien Brusquet?... Un amour de chien! Il ne lui manque que la parole.

— Comme à vous, alors!...

Et ainsi de suite. Autre époque; autre dialogue.

Si vous vous fâchez, M. Dimanche se fâche plus fort que vous.

Si vous essayez de le mettre à la porte, il fait constater la violence par témoin et la police correctionnelle a la faiblesse de lui donner raison.

Je vous demande un peu si ce n'est pas à décourager. Impossible de semer désormais du roman dans l'existence. C'était pourtant du dernier comique autrefois, et l'histoire a enregistré des scènes d'une fantaisie transcendante, des réponses d'un inouïsme ravissant.

— Monsieur, je vous en prie, payez-moi.

— Impossible !

— Mais j'ai besoin d'argent.

— Alors vous ne pouvez vous étonner que je sois dans le même cas.

Ou bien l'anecdote homérique de la contrainte par asphyxie.

LE CRÉANCIER.

Monsieur, je suis à bout de ressources.

LE DÉBITEUR.

— C'est comme moi.

— Et si je ne réunis pas la somme dont j'ai besoin, il ne me reste plus qu'à mourir.

— Mourir!... Vous voulez mourir!... Eh bien! nous finirons ensemble. Il y a longtemps que j'ai assez de cette existence de misère. Il y a assez longtemps que je souffre de devoir à un honnête homme comme vous... C'est le ciel qui vous envoie... Seul je n'aurais peut-être pas eu le courage d'en finir. Ah! vous voulez mourir!...

Sur quoi le débiteur allume un boisseau de charbon, ferme les portes, calfeutre les croisées, imperturbable, terrible, jusqu'à ce que que le créancier éperdu brise la serrure et s'enfuie en poussant des cris lamentables.

C'était, je le répète, d'un comique prodigieux. Seulement on se lasse de tout, mêmes des cho-

ses désagréables. A force de jouer des rôles sacri-
fiées, le créancier s'est regimbé. Est-il tout à
fait criminel pour cela ?

Car enfin la morale humaine est une étrange
personne. C'est toujours le débiteur qu'elle plaint.

Ainsi un Monsieur a donné son argent, ses
paletots, ses comestibles ou sa maison à un autre,
lequel autre a dépensé l'argent en joies diverses,
s'est carré dans les paletots, repu des comestibles, ou dorlotté dans la maison.

Le monsieur, aux échéances, ne touche que
des rebuffades. Il se courrouce et lance du papier
timbré.

— Canaille ! dit l'autre.

Et généralement on fait chorus.

De quel droit celui qui est dupé n'est-il pas
content ?

Mon Dieu, je ne prétends pas forcer les débi-
teurs à aimer les créanciers.

Mais s'ils ne les aiment pas, pourquoi en font-
ils ?

XIV

DE L'UTILITÉ DE L'USURE

Par ce qui précède, je suis amené à aborder une question en ce moment à l'ordre du jour.

On dit, — je ne garantis rien, — qu'une loi doit prochainement être votée , relativement à l'abolition du taux légal de l'intérêt, — ce qui équivaut à la suppression des peines édictées contre l'usure.

Or, tout sincèrement, je commence par vous

11

dire que j'approuve, et très-fort, et je crois avec grande raison.

Il me souvient de ma jeunesse la plus tendre.

Chaque fois que je pouvais échapper à la vigilance du maître d'étude aux cent yeux, c'était pour dévorer en cachette quelqu'un des romans-feuilletons qui avaient à l'époque un succès de portières.

Dans chacun desdits romans, il était invariablement question d'un bonhomme fauve, au nez crochu, aux yeux caves, aux lunettes vertes, au crâne nu comme la façade de l'Odéon, et sinistrement coiffé d'un bonnet de soie, d'un noir rougeâtre, dont la mèche avait des airs de corne.

C'était l'usurier, sorte d'homme de proie, vivant dans un antre borgne, au fond de quelque couloir infect, donnant sur une ruelle mal famée.

L'usurier, qui — uniformément — faisait souscrire au héros du roman-feuilleton pour cent mille francs de lettres de change, contre lesquelles il lui donnait vingt-cinq francs écus et quatre-vingt-dix-neuf mille neuf cent soixante-quinze francs de perroquets empaillés.

A cet âge-là, n'est-il pas vrai, on a de la sensibilité. Ausssi me sentais-je parcouru par un frémissement d'horreur chaque fois que je voyais reparaître dans un chapitre l'homme au bonnet de soie noire, qui faisait une si effroyable consommation de perroquets.

Les pauvres bêtes !

C'étaient elles — encore plus que les autres — qui attendrissaient ma crédulité naïve et digne d'un membre de la société protectrice des animaux.

Mais depuis lors, j'ai appris pas mal de choses que je ne connaissais pas.

Entre autres, que s'il fallait approvisionner de cacatoès empaillés tous les fils de famitle, ces oiseaux se raréfieraient à tel point que, rien qu'à les revendre aux cabinets d'histoire naturelle qui en auraient besoin, les fils de famille en question réaliseraient des fortunes colossales.

Mon émotion sur l'article perroquets étant mise

à la retraite, je fus successivement détrompé sur le chapitre *nez crochu*, sur le chapitre *yeux caves*, sur le chapitre *lunettes vertes*, sur le chapitre *bonnet de soie noire à cornes!*

Et j'appris que l'usurier moderne, le seul vrai, le seul vivant, n'était pas si sot que de mettre en quelque sorte une enseigne à sa profession.

Est-ce que les gants gris-perle ne sont pas glacés pour tout le monde?

L'usurier qui sait son métier, est aujourd'hui un citadin aux façons irréprochables, qui hante les restaurants en vogue, joue beau jeu, va aux courses et vit sur le pied d'une intimité ingénieuse avec les gens qu'il détrousse.

Et l'on en voudrait à ce personnage!

Voyons. Soyons justes, s'il est moyen.

N'ayons pas toujours deux poids et deux mesures.

Tous les ans, vous lisez dans les journaux des arrêtés des conseils de préfecture allouant une prime de 25, 50 ou 75 centimes par têtes de mulots, taupes, loirs ou autre animaux nuisibles qui auront été exterminés.

Tous les ans on promulgue et affiche une ordonnance sur la destruction des charançons, et l'on poursuivrait les usuriers.

Eux qui sont voués à l'extermination des gandins.

Mais si j'avais seulement le pouvoir pour cinq minutes, je rendrais tout de suite un décret ainsi conçu :

DÉCRET

RELATIF A LA SALUBRITÉ PUBLIQUE.

Vu les lois en date des.... et des.... et des.... sur l'échenillage, *et cœtera*.

Vu les arrêtés des... des... des... relatifs à l'entretien des routes, rues et boulevards;

Avons décrété et décrétons ce qui suit :

ARTICLE PREMIER

A dater du présent décret, une prime est

11.

instituée pour l'abolition de l'espèce nuisible connue sous le nom de *gandins*.

ARTICLE II

Cette prime sera versée à tout usurier qui prouvera par pièces authentiques qu'il en a supprimé un.

ARTICLE III

Le ministre des finances est chargé de l'exécution du présent décret conjointement avec le préfet de police.

Plaît-il?

Vous me dites que je n'ai pas tort quant aux gandins, mais que je montre une partialité révoltante pour leurs ennemis.

Attendez donc.

Vous ne me laissez pas le temps de compléter mon décret. Car je n'avais pas fini.

Il y a encore un paragraphe ainsi formulé :

ARTICLE ADDITIONNEL

Considérant que la réciproque rend également service à la société, la même prime sera comptée à tout gandin qui prouvera qu'il a ruiné un usu-rier.

Convenez tout de même, que je suis un esprit vraiment pratique.

XV

LA CONTRAINTE PAR CORPS

Une sauvagerie civilisée.

Un peu plus que la loi du talion qui ne vous demandait que dent pour dent, œil pour œil.

Là on vous prend votre corps, — et votre âme par dessus le marché pour remboursement d'une somme quelconque.

Il y a des Français cotés seulement 200 francs à la prison pour dettes.

Rien que par amour propre national, on ne

devrait pas tolérer ces choses-là. Si nous nous estimons si peu entre nous, n'en convenons pas, que diable !

Il est question de ne maintenir prochainement la contrainte par corps qu'*en faveur* des étrangers.

Ce *en faveur* n'est pas de moi. Il appartient à plusieurs journaux qui rendaient récemment ce digne témoignage à l'antique vertu qu'on nommait *hospitalité.*

La contrainte par corps a pour caserne Clichy, et pour armée les gardes du commerce.

A en croire la légende, ce serait un véritable Eldorado, un Eden, un paradis à huis-clos que Clichy.

Du matin au soir et du soir au matin, on s'y livrerait à des réjouissances arrosées de champagne et marbrées de truffes.

La réalité est une pension de 45 francs par mois, qui est constituée par le créancier.

Le seul vin qui ait accès à Clichy est le vin

ordinaire, réduit aux proportions les plus stric-
tes.

Quelques jeux tels que tonneau (des Danaïdes),
boules, quilles.

Depuis peu on y a joint une bibliothèque dont
l'initiative a été prise par Alexandre Dumas.

Serait-ce parce qu'on ne sait pas ce qui peut
arriver?

On a beaucoup tempêté contre les gardes du
commerce.

On a eu tort.

Autant vaudrait accuser la balle qui frappe au
lieu de la main qui a pressé la détente.

Le garde du commerce est un fonctionnaire. Il
fonctionne.

Il a acheté sa charge, — j'allais dire son étude,
— 2 ou 300,000 francs. Il faut bien qu'il retire
l'intérêt de son argent.

D'ailleurs, le plus charmant homme du monde.
Bien élevé, parbleu ! — et littéraire au besoin.

Témoin cette aventure que je tiens de celui qui
en fut le héros, un romancier fécond, qui par

malheur ne se montra jamais plus économe de ses
écus que de ses idées.

Si bien qu'un matin... Tant va la cruche à
l'eau... C'est un jugement en bonne forme, avec
prise de corps légalement rédigée que lui présente à son réveil un garde du commerce très-
poli, — accompagné de deux familiers.

On descend l'escalier, on monte dans un fiacre
qui attendait à la porte.

En route !

Mais chemin faisant, la conversation s'engage :

— Ah ! Monsieur ! s'écrie le garde du commerce,
si vous saviez combien je suis heureux.

— Vraiment !

— Il faut vous dire que je raffolle de vos ou-
vrages.

— Vous êtes trop bon.

— Non, sincèrement, j'en raffolle. Mais c'était
votre personne surtout que je désirais connaître.
De sorte que j'ai pris des informations.

— Pas possible.

— Oui, et j'ai été joliment joyeux quand j'ai su que vous étiez un panier percé.

— Comment?

— Oh! pardon, Monsieur, le mot est d'un de vos amis. Aussi, ce jour-là je me suis dit : « Tu ne quitteras pas le métier avant d'avoir eu l'honneur d'arrêter M. X. »

Parfois, en outre, le garde du commerce devient romancier lui-même, tant il déploie d'imagination pour appréhender un réfractaire de la lettre de change.

Une des plus jolies inventions du genre fut celle qu'on employa naguère *en faveur*, — comme disent les journaux, — du comte de R.

Le comte de R... excellait à échapper aux poursuites qu'il accumulait sur ses pas par d'incessantes prodigalités.

Les prises de corps succédaient aux saisies. Grimoires perdus !

Protée de la dette, le comte de R... échappait

12

sans cesse et sous les travestissements les plus divers.

Tout le personnel de la vénerie des récors était sur les dents. On allait y renoncer, quand le grand veneur, plus entêté que les autres, reprit la piste avec une ardeur nouvelle.

C'était un garde du commerce nourri dans le sérail et qui en connaissait les détours.

Trois jours après, il avait la certitude que le comte était remisé dans la maison de campagne d'un de ses amis, — maison située dans une des rues les plus désertes d'Auteuil.

Y pénétrer de nuit était inutile, la loi interdisant les arrestations avant le lever ou après le coucher du blond Phœbus.

Y pénétrer de jour était plus inutile encore, car le comte n'était pas homme à n'avoir pas pris ses précautions, et il était évident qu'une perquisition aurait donné l'éveil sans amener de résultat.

Que faire?

Ce fut tout simplement un trait de génie.

À l'aube, quand le soleil commençait à poin-

dre à l'horizon, le garde du commerce, aidé
de ses hommes, amoncèle une pile de papiers et
de vieux journaux, apportés dans un fiacre,
devant les fenêtres de la petite maison d'Auteuil.

La flamme inoffensive, mais menaçante, grimpe
le long du mur en langues du rouge le plus intense. En même temps, les recors embusqués
poussent des cris lamentables de :

— Au feu!... au feu!... au feu !

A ces clameurs éperdues, le comte de R... se
réveille en sursaut.

Il aperçoit, à travers les persiennes, les scin-
tillements du prétendu incendie, entend les appels
désespérés, ne doute pas que l'immeuble de son
ami ne flambe du rez-de-chaussée au toit, saute
à bas du lit, enfile son pantalon, descend dans la
rue, et... y est galamment appréhendé par le garde
du commerce qui, s'inclinant avec un sourire :

— Monsieur le comte, cette fois, n'y a vu que
du feu !

Tout cela est fort spirituel et exquis assuré-
ment. Mais la contrainte par corps n'en reste pas
moins, à mon sens, une odieuse inutilité.

Voici pourquoi.

Si l'incarcéré est un honnête homme, le gage
est monstrueusement au-dessus de la dette.

Si c'est un coquin, il préférera rester en prison
pour s'affranchir de ce qu'il doit, — et alors l'o-
tage ne vaut pas 10 centimes.

A quoi bon dès lors?

XVI

LA GRAINE DE CAROTTE

A côté de la dette proprement dite, fleurit la carotte.

La carotte est tellement passée dans les mœurs qu'il serait puéril d'en donner aujourd'hui une définition.

Tout au plus une étymologie peut-elle avoir son utilité.

La CAROTTE, d'après les lexicographes les plus

distingués, a été choisie pour donner son nom à ce que vous savez, parce que c'est un légume dou - cereux au premier abord, mais d'une digestion laborieuse au second.

La culture de la carotte demande une main extrêmement expérimentée et une suprême patience; car on sème bien souvent sans récolter.

La carotte a cela de particulier qu'elle se pratique généralement sur la personne de ses parents ou de ses amis. Préférence touchante.

Tel qui se ferait scrupule d'extraire un sou du porte-monnaie d'un étranger, emprunte cinq cents francs à son intime avec la ferme résolution de les lui faire perdre.

C'est dans les mœurs, ce qui ne veut pas dire que ce soit moral.

Du reste les plus dangereux carottiers ne sont pas ceux qui ne remboursent pas.

Un homme d'esprit avait autrefois composé une prière dont je vous offre le texte pour en user si bon vous semble.

Le voici :

« Mon Dieu,

» Quand je prêterai pour la première fois de l'argent à un ami, accordez-moi la grâce qu'il ne me le rende jamais.

» C'est la seule façon d'éviter qu'il m'en emprunte une seconde.

» Ainsi soit-il! »

Si vous voulez esquiver la carotte, retenez la prière.

Si, au contraire, vous désirez en pratiquer l'extraction, rappelez-vous que pour réussir à quoi que ce soit dans le joli monde où nous vivons, on a droit de tout perdre... sauf les apparences.

Ce que je vais avoir l'honneur de vous démontrer dans le chapitre suivant.

XVII

LA MAISON MAUDITE

Ce jour-là je cherchais un appartement quand, dans ma préoccupation à regarder les écriteaux qui surmontaient les portes des maisons, j'allai soudain au coin d'une rue donner de tout mon corps dans l'estomac d'un monsieur qui venait en sens inverse.

— Prenez donc garde ! On n'est pas plus maladroit.

— Monsieur, veuillez croire que je regrette...

— Comment ! c'est toi !

— C'est toi ! pas possible !

— Je ne t'avais pas reconnu.

— Ni moi.

— Et que fais-tu donc si affairé, mon cher Charbonnel ? — Charbonnel, un ami de collège, à moi.

— Ma foi, mon cher, je fais... que je déménage demain, que je ne me suis point encore muni d'un gîte, et que je me hâte de réparer le temps perdu en prenant le premier coin qui se présentera.

— Malheureux!... Toi aussi tu commettrais cette fatale imprudence?

— Quelle imprudence?... Je ne suis pas difficile, et pourvu que je sois abrité par des semblants de murs...

— C'est bien cela! Tous les immeubles de Paris se valent à tes yeux!... Mais, malheureux, — je le répète encore une fois, — tu ne sais donc pas de quelle influence peut être sur la vie d'un homme le choix d'une maison?

— J'avoue n'avoir jamais regardé cette question-là en face.

J'étais dans les mêmes idées, il y a encore six mois, avant que...

— Avant que ?... insinuai-je avec une nuance interrogative où se trahissait un commencement de curiosité qui s'éveillait en moi.

— Mon cher ami, c'est toute une histoire, l'histoire de mes malheurs, l'histoire de mon existence compromise...

— Tu m'épouvantes !... On dirait un cinquième acte de mélodrame.

— Ne plaisante pas, rien n'est plus sérieux, et, pour que, du moins, mon exemple profite à autrui, je veux m'ouvrir à toi sans réserve...

— Merci de cette marque de confiance... Permets-moi, seulement, — pour remplir mieux mon rôle de confident, — de *nous* asseoir à la table de ce café... Garçon ! deux demi-tasses !...

Charbonnel tournait sa cuillère dans sa tasse de café d'un air morne et tragique. Evidemment je venais de rouvrir involontairement une blessure mal cicatrisée.

Soudain, — et comme se parlant à lui-même,
— il reprit :

— Le choix d'une maison !... Ils se figurent
que dans une ville comme Paris, un tel acte est
indifférent !... Ils sont bien tous les mêmes !.. Et
moi, pauvre niais, j'ai fait comme eux...

Puis, se tournant vers moi :

— C'était, il y a six mois, ainsi que je te l'ai
annoncé, si je ne m'abuse...

— Tu m'as, en effet, touché un mot de cette
date...

— A cette époque, mon ami, se rapporte la
douloureuse crise dont je ne suis pas encore re-
mis, dont je ne me remettrai probablement jamais...

— Ah ! j'y suis... m'écriai-je tout à coup, je
devine, je comprends... Tu auras loué dans une
maison neuve et tu y auras contracté des rhumatismes...

Charbonnel sourit avec ironie.

— Il s'agit parbleu bien d'autre chose que de rhumatismes... Je t'en prie, ne m'interromps plus; quand je fais ce récit, je suis comme un homme qui avale une médecine amère... Il faut qu'elle passe d'un seul coup.

Donc, mon cher ami, j'étais, il y a dix mois, ou du moins je me trouvais l'homme le plus heureux du monde.

J'avais, en effet, un crédit suffisant, des créanciers posés, une place en perspective, une fiancée adorable. Si ce n'est pas là le bonheur...

— Cela lui ressemble beaucoup.

— N'est-ce pas?... Hélas!...

Et mon ami Charbonnel huma avec componction une gorgée de café.

— Sur ces entrefaites, poursuivit-il ensuite, la maison que j'habitais fut expropriée, — une mésaventure qui lui est commune avec bien d'autres, — et moi je fus obligé de déménager, — une ca-

13

tastrophe à laquelle tous les Parisiens sont constamment exposés aujourd'hui.

J'ai toujours professé une sainte horreur pour le déménagement; c'est le pillage, l'intérieur mis à sac, l'habitude mise à mort... C'est l'abomination de la désolation! Aussi reculais-je toujours le moment où il faudrait m'occuper de cette grande misère de la vie humaine.

La veille, je n'avais pas encore de logis trouvé...

— Comme moi!

— Absolument... Le lendemain, les officieux de la maison Bailly introduisaient mon modeste mobilier dans un petit appartement de la rue...

Proportions raisonnables, bien aéré, gai, commodément distribué, mon nouveau gîte m'agréait. Pour un homme si pressé, je me félicitais déjà d'avance d'avoir eu la main heureuse... La main heureuse! Cruelle dérision!...

Dans ma précipitation, je n'avais eu le temps d'indiquer ma nouvelle adresse à personne, et quelques jours se passèrent ainsi, les jours nécessités par mon installation. Enfin tout était terminé!

Je redevenais un homme installé. Je reprenais possession de moi-même. Pour inaugurer cette ère de quiétude, je résolus d'entreprendre une revue générale et de réparer les torts de mon absence passagère...

Ici, mon ami Charbonnel s'interrompit, comme s'il recueillait ses forces pour franchir un obstacle redoutable, huma une nouvelle gorgée de café, puis, d'une voix émue :

— Nous touchons aux péripéties du drame... Prête-moi une attention soutenue !... Ma première visite, en sortant de chez moi, fut pour mon tailleur. Justement il demeurait dans le quartier, et j'avais besoin de son concours pour la saison d'été... Un homme qui va, — qui allait se marier, — tu conçois !

Mon tailleur, d'ailleurs, m'avait accoutumé aux procédés les plus galants et à des facilités de paiement dont je lui gardais une profonde reconnaissance. J'y allais donc confiant et sûr du succès. Une facilité de plus ou de moins !

Mais lui, dès qu'il m'aperçut, avait froncé le sourcil, et, sur le mode rébarbatif :

— Ah! c'est vous, monsieur Charbonnel; j'allais chez vous...

— Vous étiez bien aimable de vous déranger; mais me voici, et si vous voulez me montrer vos nouveautés...

— Pardon, monsieur Charbonnel, il faudrait auparavant régler notre arriéré...

— Comment! régler?... Je vous ferai des billets...

— Désolé de n'en pouvoir accepter...

— Pourquoi?...

— Excusez-moi; j'ai mes raisons apparemment, mais je les garde pour moi. Pas d'argent, pas de vêtements...

— Ah! c'est ainsi?

— Oui, monsieur.

— Eh bien! je vous retire ma pratique...

— Qu'à cela ne tienne; seulement, tâchez de me faire payer avant la fin du mois, sinon gare l'huissier ! Comme on connaît le diable on le traite... Je sais ce que je sais...

— Que sait-il ? pensais-je en m'en allant tout bouillant d'une indignation légitime... D'où peut venir un si brusque changement ?... Il doit être dans de mauvaises affaires... C'est un prétexte...

J'arrive ainsi chez mon bottier : même scène ; chez mon chapelier : même scène ; chez mon... Pour le coup, je commence à ne plus rien comprendre au terrible *Je sais ce que je sais* qui me poursuit comme un cri de réprobation. Et pour me réconforter :

— Allons chez le protecteur qui m'a promis cette place excellente, me dis-je... Quand je serai casé, les créanciers baisseront bien le ton... Oui, ce doit être là leur vrai motif... Un homme qui n'a pas d'emploi, cela n'inspire pas...

— Monsieur est sorti, me répond brutalement le domestique de mon protecteur au moment où je me présentais.

— Sorti, sitôt... Pas pour moi, sans doute... Dites-lui que c'est M. Charbonnel...

13.

— Monsieur Charbonnel!... J'avais justement
une lettre à mettre à la poste pour vous. Ma
commission est faite.

Et, en descendant, je lus le billet suivant :

« Monsieur,

» C'est avec un vif regret que j'ai l'honneur de
vous annoncer que la place que vous espériez
vient d'être accordée à un autre.

» L'administration exige des garanties de mo-
ralité et de tenue rigoureuses, et, *sachant ce que
je sais*, je n'ai pu proposer votre nom pour la no-
mination par vous désirée.

» Agréez mes salutations... »

— Lui aussi !... m'écriai-je. Peuh ! une défaite
de prometteur qui ne peut tenir parole... Eh bien,
tant pis !... je me ferai une position tout seul. Au
surplus, ne me reste-t-il pas une délicieuse con-
solation ?... Clémentine, ma chère fiancée... Son
père doit trouver que je l'ai bien négligée ! Ne pas

même l'avoir instruit de mon déménagement...
Courons...

Mon beau-père avait l'air glacial.

— Eh bien! cher bon papa... commençai-je
avec familiarité.

— Monsieur Charbonnel, veuillez renoncer à
cette habitude.

— Hein!

— Il y a dans la vie des circonstances pénibles...
Épargnez-moi des explications. Je me dois au
bonheur de ma fille, et elle ne serait pas heureuse avec un homme qui... Il suffit. *Je sais ce
que je sais...*

— Mais quoi? mais quoi?

— Inutile. Je ne veux pas en dire davantage;
dispensez-moi.

— Parbleu! une défaite. On m'a berné, on m'a
bafoué! Je comprends, monsieur, je vous salue...

J'étais fou de rage, et je rentrais chez moi
éperdu. Un bras m'arrêta, c'était Durand, un de
nos camarades de pension.

— Qu'as-tu donc? Charbonnel.

— Ce que j'ai?

Et je lui racontai mes douleurs...

— C'est singulier, fit Durand rêveur et levant le nez en l'air comme quelqu'un qui cherche une idée... Quel diable de motif peut... Ciel! j'y suis... Tu demeures-là?

— Oui.

— Depuis peu?

— Six jours.

— C'est cela! Infortunée victime des apparences. Regarde!... Cette enseigne compromettante au-dessus de cette porte...

Pour la première fois, je lus l'enseigne en question, sur laquelle était écrit:

BUREAU AUXILIAIRE DU MONT-DE-PIÉTÉ.

Lettre G.

— Tout s'explique, reprit Durand, on t'a vu entrer là, on a cru que tu allais immoler ta montre sur l'autel du prêt public et étudier, à la lettre G, ce qu'un cynique a appelé l'*alphabet du pauvre,*

De là les arrogances des créanciers, le refus du protecteur, le *veto* de ton beau-père... Imprudent, qui ne sait pas encore l'importance des accessoires dans la vie...

Charbonnel avait vidé d'un trait le fond de son verre.

—Adieu ! dit-il, que ma leçon te profite !... Pour moi, je n'ai pu renouer encore des fils que le guignon avait brisés, et je suis une preuve vivante et souffrante de ce que peut le choix d'une maison.

—Tu as parbleu raison ! m'écriai-je en serrant la main du pauvre diable. Je vais de ce pas chercher un appartement dans la maison d'un banquier. Chaque fois que j'entrerai, on croira que je vais toucher de l'argent, et il n'en faut pas davantage pour que je fasse mon chemin dans le monde.

XIX

LE PROPRIÉTAIRE

Je me trompais pourtant dans mon exclamation.

La maison choisie ne suffit pas, il faut en solder le pro-pri-é-tai-re !

Le moellon étant Dieu, le propriétaire est son prophète.

Le pronom possessif fait homme !

Mon ! ma ! ! mes ! ! !

Pas même nôtre !

On construisait autrefois des redingotes à la propriétaire.

Savez-vous ce qu'elles avaient de particulier?

Des poches derrière; des poches sur le côté comme les autres; plus, des poches encore sur le devant.

Et quelles poches?

Artésiennes, Monsieur.

Les redingotes en question n'avaient pas volé leur dénomination.

Le propriétaire, c'est une paire de poches.

A nous de les remplir.

Ah! vous ignorez, — je me plais du moins à le supposer pour vous, — vous ignorez ce que c'est que d'avoir maille à partir avec ces poches-là.

Vous voyez bien cet homme qui rase la muraille.

Il est jeune et il courbe la tête comme un vieillard.

Il est intelligent et il semble hébété.

Il est fier et il a l'air humble.

Il est courageux et il paraît s'effrayer de tout.

D'où vient?...

De peu de chose, en vérité !

De ce que...

Mais, en marchant, il laisse échapper des plain-
tes entrecoupées.

Ecoutez-le.

Il vous dira mieux que moi l'amertume de ses
douleurs.

XX

JE N'AI PAS PAYÉ MON TERME

Eh bien ! oui, là, c'est aujourd'hui le 20 juillet, et je n'ai pas payé mon terme ! Ce n'est pas ma faute, à moi !

Voilà la première fois de ma vie que cela m'arrive.

Mon parrain de Palaiseau m'avait promis, la dernière fois que je l'ai vu, de m'envoyer deux cents francs au commencement du mois.

J'ai compté là-dessus. Mon parrain de Palaiseau est parti pour Bade sans me prévenir.

Probablement après avoir réfléchi que mes deux cents francs feraient admirablement les frais de son voyage !

Je lui ai écrit onze fois, — ce qui m'a fait quatre francs huit sous de timbres-poste, à raison de qua-rante centimes la pièce.

Naturellement, il ne m'a pas répondu. Mon cœur s'est ulcéré; mais ma bourse ne s'est pas remplie davantage, et...

Je n'ai pas payé mon terme !...

- -

*
* *

C'est dur, allez, quand on n'en a pas l'habitude.

J'ai, pendant une demi-journée, répété avec moi-même la phrase par laquelle je devais an-noncer cette fatale nouvelle au portier de mon immeuble.

Puis j'ai compté les minutes, épiant tous les bruits de l'escalier, et croyant à chaque instant voir apparaître la figure de mon Pipelet.

Midi sonnant au cadran, il a sonné à ma porte.

O mon courage! mon courage!

J'ai en hâte repassé mentalement la phrase que j'avais si laborieusement échafaudée.

Mais je n'avais pas prévu une complication terrible.

Pipelet, dès que j'ai eu ouvert, m'a mis dans la main la quittance acquittée!

Quand j'ai senti le contact de ce papier, j'ai perdu la tête.

Ne sachant comment le rendre à Pipelet, ne pouvant le garder, j'ai pâli, rougi, balbutié, bref...

Je n'ai pas payé mon terme!...

*
* *

Et depuis lors, ma vie n'est plus qu'une suite amère de vicissitudes.

Ce portier! Ce portier maudit!

Avant, il me saluait du plus loin qu'il m'apercevait; moyennant dix francs d'étrennes, il trouvait que j'étais un jeune homme rangé.

14.

Sa femme m'avait même offert de mettre des boutons à mes cols!

Maintenant...

Maintenant, quand je passe devant la loge, ce sont des chuchottements, des ricanements.

Le mari cligne de l'œil, la femme fait entendre un petit *hum!* d'ironie. La femme et le mari me refusent unanimement le bonjour le plus primitif.

Hier même, ne m'a-t-il pas arrêté sous prétexte que je rentrais trop tard.

Il était onze heures moins sept!

J'ai voulu répondre.

— Monsieur, notre maison est tranquille, a fait le cerbère, et si vous ne pouvez pas vous conformer au règlement...

Oh! comme j'aurais voulu...

Mais le moyen?

Je n'ai pas payé mon terme!...

*
* *

Les marchands d'alentour s'en mêlent.

Quand je sors, quand je rentre, ils sont là sur le seuil de leurs portes.

Eh bien! quand vous me regarderez?... crétins!

Pas si crétins que grossiers.

Ce gredin, ce scélérat de Pipelet aura fait des siennes; il aura proclamé ma gène momentanée.

Mon premier mouvement serait de répondre par une lettre arrogante à chacun d'eux.

Mais j'ai perdu le droit de parler.

Je n'ai pas payé mon terme!...

***

Et Fœdora!

Un ange qui est dans les modes et qui m'aimait...

Je le croyais du moins.

Fœdora!... Non, je suis capable d'en faire une maladie.

Je l'attendais hier au soir.

Je m'absente un quart d'heure en recommandant à Pipelet — le gueux! — de lui donner ma clef.

Lorsque je reviens, au lieu de Fœdora, je trouve un billet que Pipelet — le vandale! — me tend narquoisement.

Je déploie à la hâte et je lis :

« Mon pauvre Julien,

» L'homme propose et l'avenir dispose.

» Je t'avais promis pour la vie une tendresse inextinguible, mais ce n'est pas une raison pour que je te gêne.

» *Dans la position dans laquelle tu te trouves,* je penserais être une charge pour toi.

» J'aime mieux te paraître légère — que lourde.

» Adieu, sans rancune ; oublions-nous.

» FŒDORA. »

Dans la position, etc., était souligné.

Le quart d'heure avait donc suffi à Pipelet — le pandour! — pour mettre ma sultane au cou-

rant!... Une créature que je croyais d'un désintéressement grotesque.

Imbécile! l'amour lui-même t'est interdit.

Tu n'as pas payé ton terme!

*
* *

On sonne?... Qui va là?...

Boumm! la bombe de la fin!... La visite du
propriétaire.

Est-il majestueux, en certains cas, ce vocable
de cinq syllabes!

Jusqu'ici ce descendant de M. Vautour avait
toujours été d'une politesse exemplaire. Il ne m'a-
vait jamais augmenté que le sourire sur les lèvres.

Aujourd'hui il entre refrogné, fronçant le sourcil et le chapeau sur la tête...

— Monsieur, je...

Comment! il ne me répond pas.

— Monsieur...

Il se tait et observe mon mobilier pièce à pièce. Ah! mais...

— Monsieur, puis-je savoir à quoi je dois l'honneur de votre visite?

— Je désirerais que vous ne me dussiez que cela.

— Qu'est-ce à dire?

— C'est-à-dire que, — avec votre permission, — je viens m'assurer par moi-même que votre mobilier représente bien la valeur du loyer qui...

— Mon mobilier!... Vous doutez qu'il représente deux cents francs! Sachez, monsieur, que...

— Je sais que voilà un buffet dont on ne tirerait pas dix francs à l'Hôtel.

— Mon buffet de famille... un meuble en acajou comme on n'en fait plus.

— Cette pendule est rococo.

— Un modèle de Galle... un chef-d'œuvre de ciselure!

— Dont on n'aurait pas vingt et un francs à l'Hôtel. Ce portrait...

— Monsieur, c'est mon parrain. Il s'est mal conduit avec moi, mais je vous défends..

— Apprenez, monsieur, que vous n'avez rien à défendre. Je ferai vendre jusqu'à la plus petite parcelle de vos effets. Ah ! vous le prenez ainsi !... Eh bien ! nous verrons ! D'abord, je vous donne congé... Un homme qui entretient des femmes et fait venir des cocottes dans ma respectable maison...

— Monsieur !...

Au fait, il était dans son droit.

Je n'ai pas payé mon terme.

* *
*

Eh bien ! non, sacrebleu !

Puisqu'il en est ainsi, je m'en moque. Il n'y a que le premier pas qui coûte.

J'ai encore deux louis en poche ; je vais les manger, ou plutôt les boire. Et je mangerai ainsi tous leurs semblables.

Garçon ! du pomard à verse !

Garçon! du chambertin!

Du Moët!...

C'est maintenant que je m'en moque, du propriétaire.

Guerre aux tyrans!...

Sur cette bouteille à casque de cire, je fais un
serment solennel :

Je ne paierai plus jamais mon terme!!

* * *

Nota. — La dernière strophe est de la fatuité.

XXI

DURA LEX, SED LEX

Car la loi est fatale.

Il faut de l'argent.

Pecunia, le nom latin de l'argent, venait, dit-on, de *pecus*, troupeau, parce que sur les anciennes monnaies romaines était gravée l'image d'un mouton.

Ce devait être le grand-père des moutons de Panurge.

Houp! houp! houp!... chacun saute le fossé comme il peut.

15

Il y en a qui, en sautant, s'enfoncent dans la boue. Bah! ça séchera.

Il y en a qui se donnent un tour de reins.

Il y en a qui trouvent préférable d'écraser les autres..

Houp! houp!...

Au bout du fossé que de culbutes! Mais à qui la faute?

Il faut de l'argent.

Il existe 100,000 manières de se procurer ce levier d'Archimède, — le seul qui soulève le monde, quand il ne soulève pas... le cœur. Quelquefois les deux ensemble.

Cent mille manières honnêtes, bien entendu; et telles que :

Vendre à faux poids du coke teint pour du chocolat de santé;

Administrer à ses semblables le traitement de la fluxion de poitrine quand ils ont la fièvre cérébrale;

Attiser le feu des procès pour faire bouillir sa marmite d'avocat;

Payer à un ouvrier malheureux cinquante sous
ce qu'on revendra cinquante francs ;

Négocier ses convictions pour un prix avanta-
geux...

Et cœtera, cœtera, cœtera.

Je ne parle pas des manières déshonnêtes,
comme vous voyez.

Dieu merci, il y a des nuances.

Ce marchand vous livre comme pure soie une
étoffe de coton qui ne vaut pas le dixième de ce
qu'il vous demande, c'est cent francs d'extorqués.

Le même marchand pourtant se ferait hacher
en morceaux plutôt que de vous rendre une pièce
de cinquante centimes pour un franc.

Est-ce que vous le prendriez pour un voleur,
par hasard ?

Ce spéculateur, s'il peut apprendre la veille,
par une dépêche, la mort d'un potentat qui doit
faire baisser la rente de 6 p. 100, s'empressera
de vous vendre tout ce qu'il a de titres, sans vous
avertir, naturellement, et vous ruinera peut-être
d'un coup.

Mais parlez-lui de jouer à l'écarté avec des cartes bizautées, il se mettra dans la plus violente des colères et traitera de misérables ceux qui se livrent à cette profession.

Est-ce que vous le prendriez pour un grec?

Seulement il est des accommodements avec la conscience. Vous concevez!... Mal nécessaire...

Il faut de l'argent! il faut de l'argent! il faut de l'argent!

C'est le cri de ralliement que poussent des millions de voix joyeuses, tristes, enrouées, furieuses, moqueuses, menaçantes ou suppliantes!

C'est la proie à laquelle court toute la meute humaine.

C'est le thème que chacun module à sa façon et brode des variations qu'il peut.

XXIII

LA VARIATION DE L'EMPLOYÉ

I

Celui-là se nomme Joachim Blaireau.

Il avait vingt et un ans tout juste accomplis, quand son père, — Sébastien Blaireau, — ancien commis principal à la ville, le prit un matin par le bras.

Où allaient-ils?

Sébastien ne l'avait pas dit à Joachim. C'était une surprise qu'il lui ménageait depuis longtemps,

15.

pour le lendemain du jour où il aurait tiré un bon numéro.

Ils marchèrent ainsi à travers des rues nombreuses. Blaireau père hâtait le pas à la façon d'un homme qui va au-devant du bonheur. Blaireau fils, qui était de moindre stature, faisait force de muscles pour le suivre, — *non passibus æquis*.

Ils arrivèrent pourtant.

C'était un édifice de style *casernite*, avec de longues rangées de fenêtres et une grande porte au-dessus de laquelle on lisait ces lettres gravées :

MINISTÈRE DE ***

Sébastien Blaireau gravit un escalier. Joachim Blaireau le gravit aussi. Sébastien Blaireau tourna à droite, Joachim tourna à droite. Sébastien Blaireau entra dans une pièce où les fades émanations d'un poêle surchauffé asphyxiaient déjà deux personnes.

Sébastien salua les deux personnes et leur présenta Joachim.

— Mon fils, messieurs.

Puis, se tournant vers celui-ci :

— Joachim, grâce à l'appui d'un honorable chef de bureau qui a toujours été un père pour notre famille, je vous ai obtenu, dans cette estimable administration, un emploi d'expéditionnaire.

Vos émoluments annuels s'élèveront à la somme de douze cents francs, — moins la retenue. Cette table est la vôtre; ces cahiers verts vous sont octroyés par la munificence du budget. Asseyez-vous, Joachim.

Maintenant, votre père va vous quitter; car votre temps appartient à l'État. Soyez digne de votre famille, où les traditions bureaucratiques se transmettent comme un héritage de gloire.

Ne manquez jamais la signature de la feuille de présence. Ne partez jamais avant que cinq heures soient sonnées Défiez-vous de la vie de café. Résistez au billard. Aimez vos confrères. Vénérez votre sous-chef, — et, le ciel aidant, mon Joachim, vous aurez de l'augmentation.

II

Ces paroles paternelles étaient restées incrustées au fond du cœur de Joachim Blaireau comme un legs d'outre-tombe.

Car Sébastien Blaireau, estimant sans doute qu'il avait, après cette harangue, accompli sa tâche en ce monde, s'était laissé trépasser trois semaines plus tard.

Et Joachim, en revenant du cimetière, de se murmurer à lui-même :

— Noble père !...

Tu n'as pas à faire à un fils oublieux.

Cinquante - cinq francs pour la nourriture, quinze francs pour le logement, dix francs pour l'éclairage et le chauffage, quinze francs pour la toilette...

Noble père ! on verra par la suite, n'est-il pas vrai ?

J'irai demain faire une visite au bon chef de bureau qui s'intéresse à moi. En me voyant en deuil, il sera touché. Il comprendra que je n'ai plus d'appui ici-bas, — et j'aurai peut-être de l'augmentation.

*
* *

C'était peu de temps avant février.

La crise de 1848 éclata.

Les canons roulaient avec des bruits sourds sur le pavé des rues assombries. Les balles sifflaient dans l'air.

Partout l'émotion, le chaos, l'effervescence.

Joachim Blaireau, lui, avait soulevé le rideau de sa chambre en entendant le tumulte, — et s'apercevant qu'il se passait quelque chose d'étrange :

— Une révolution, fit-il en se remettant paisiblement à se faire la barbe...

Au fond, cela ne me regarde pas. Seulement, les révolutions amènent toujours quelques petits changements.

On ne sait pas.

Si la chance peut me sourire, dans tous ces

mic-macs-là, il est parfois des hasards heureux.

Qu'ils se battent, s'ils en ont envie.

Moi, je ne me mêle pas de la bagarre; mais, au fond, je n'en suis pas fâché. Les nouveaux ministres aiment à se populariser, — et j'aurai peut-être de l'augmentation!

III

Joachim n'avait jamais sacrifié au culte de l'idéal.

L'amour et lui ne s'étaient jamais rencontrés dans le monde, et, quand bien même ils s'y seraient rencontrés, comme ils ne se connaissaient pas, ils se seraient bien gardés de se saluer.

Joachim Blaireau avait d'ailleurs une prédilection marquée pour l'indépendance de la vie de garçon. Mais c'était avant tout un gaillard sérieux qui faisait taire ses préférences quand parlait la raison.

On lui présenta une demoiselle.

La demoiselle était laide à réjouir un peintre

réaliste. Elle compensait cette laideur par une raideur automatique. Elle rehaussait cette raideur
par une bêtise vigoureusement caractérisée.

Cet ensemble fit rêver Joachim.

— Un célibataire n'inspire pas...

Dans l'administration, on n'a confiance que
dans les hommes établis.

Nos supérieurs pensent, avec cette haute sa-
gesse qui préside à tous leurs actes, qu'une personne seule a toujours assez pour vivre.

Tandis qu'à deux...

Celle-là ou une autre!...

— Mademoiselle, j'ai l'honneur de vous demander votre main.

Et tout bas il ajouta :

— J'aurai peut-être de l'augmentation!

IV

Un enfant vint; puis deux, puis trois!
Madame Joachim était navrée.

— Mon ami, nous sommes bien malheureux! Qu'allons-nous devenir? Avec quoi élèverons-nous une famille aussi nombreuse?

— Allons donc! répondit Joachim; au contraire...

— Au contraire, mon ami?...

Ah! cette parole t'honore, car elle prouve combien tu aimes ces charmants petits êtres qui...

— Pas du tout? interrompit Blaireau.

— Comment! pas du tout?

— Pas du tout... Seulement, je suis un homme sérieux, et je me souviens du vœu de mon pauvre père.

Les enfants, ça intéresse, — et j'aurai peut-être de l'augmentation!

*
* *

Un soir, Joachim passait dans une rue déserte.

Il avait veillé au bureau pour achever un travail extraordinaire.

Au coin d'une allée sombre, trois gaillards s'abattirent sur lui et le dévalisèrent, après l'avoir roué d'importance.

On le rapporta dans un si piteux état que madame faillit se trouver mal.

— Ah ! mon Joachim... Les misérables !

S'il est permis de traiter de la sorte un honnête citoyen !... C'est affreux !... c'est abominable !... c'est...

— Ma bonne, intervint Blaireau, se soulevant avec peine, tu as tort... Mon nom va être dans tous les journaux. Cet accident appellera l'attention sur moi, — et j'aurai peut-être de l'augmentation !

V

Sur ces entrefaites, une épidémie venait de faire sa rentrée à Paris.

Les papiers publics n'étaient pleins que de récits lamentables et de statistiques terrifiantes. On ne rencontrait dans les rues que visages éplorés.

16

Lui, au contraire, était souriant. Jamais son humeur n'avait été plus amène.

Surtout un certain soir...

En revenant de son bureau, il aborda gaiement son épouse, et lui tendant un numéro du *Constitutionnel :*

— Regarde!

— Que veux-tu que je regarde?

— Quatorze cents aujourd'hui !

— Quatorze cents?...

— Convois... Les pompes funèbres n'y suffisent plus. Dans le nombre, il y aura toujours quelques employés.

— Eh bien?

— Eh bien! c'est tout simple. Il faudra combler les vacances, — et j'aurai peut-être de l'augmentation !

VI

Pauvre Joachim !

Il était trop parfait expéditionnaire pour qu'on

se privât de ses services en lui octroyant un grade supérieur.

Pourtant... un jour... il rentra chez lui avec un frisson convulsif. Ses dents claquaient ; la fièvre agitait ses membres.

On le mit au lit, plongé dans une sorte d'hébêtement maladif.

Le médecin arriva, ausculta, examina.

— C'est un homme perdu !... Pleurésie intense...

Dans une heure, vous m'entendez bien ?

Il entendait, en effet, l'infortuné Joachim ! Car soudain, faisant un violent effort :

— Émilie !

C'était le nom de Madame.

— Émilie, approche...
— Mon ami, tu vas te fatiguer...
— Non ! Avant de mourir, je veux que tu saches... Un grand bonheur... Une... Figure-toi...

Mon chef... il m'a fait demander... il m'a dit...
Alors, je me suis mis à courir pour... t'annoncer... Une averse m'a glacé, et... Adieu! je sens
que... Mais... ne... pleure pas... Il a dit... le chef
de bur... J'allais avoir de l'augmentation!...

XXIII

LE PROSPECTUS

Cet autre, qui suit morne et affamé le trottoir de la rue Vivienne, n'est pas employé, lui !

Le malheureux !

Un emploi, c'est son rêve.

S'il n'appartenait pas à une famille, il se serait fait marchand de robinets ou maçon ; — ce qui eût été une position sociale.

Le robinet et le bâtiment nourrissent.

Mais il se doit au respect humain — et il jeûne.

Soudain un frémissement a paru couvrir son corps.

16.

O annonce !

Produit incestueux de la crédulité et de la misère, de l'espérance et du robert-macairisme !

Annonce !

Jardinière en chef des plates-bandes où fleurissent la graine de maïs et la graine de moutarde.

Annonce !

Portière des châteaux en Espagne.

Annonce !

Machiniste en chef des chausses-trappes de la comédie parisienne.

C'est toi qui l'as fait tressaillir, cet individu hâve et morne, dont les regards brillent de toutes les convoitises.

Car un monsieur en casquette lui a glissé un carré de papier imprimé dans la main.

Le carré de papier est un prospectus.

L'individu l'a ouvert machinalement et y a lu avec émotion ces mots :

ON DEMANDE DES EMPLOYÉS POUR EMPLOI FACILE
ET LUCRATIF,
Rue Jeannisson , 83.

*
* *

C'est à deux pas; d'ailleurs, quand on n'a
rien mangé, on peut, sans crainte d'indigestion,
dévorer l'espace.

L'individu dévore.

Et tout en dévorant, il se dit :

— Cher prospectus!... Rue Jeannisson, 83!

Emploi lucratif et facile... Facile, comme cela
sied à mes habitudes! Lucratif! comme cela
charme mes désirs!

Qu'on dise donc encore que Paris n'est pas une
ville de ressources, que le malheureux n'y peut
sortir de l'ornière, que le travail s'y dérobe aux
recherches!

Je ne cherchais plus, et le travail vient me
chercher sous forme d'annonce.

Ce doit être un philanthrope qui raccole ainsi,
au coin des rues, les gens gênés pour leur faire
gagner de l'argent sans fatigue.

Excellent et noble cœur! sois béni!...

Facile et lucratif!... Je veux l'embrasser, et ac-
coler à son petit nom l'épithète de *mon Sauveur!*

Numéro 83! C'est ici! Tournons le bouton!...

*
* *

La pièce est froide, mais dégarnie; carrelée,
mais mal entretenue.

Au fond, un semblant de guichet tapissé d'un
rideau qui, s'il se souvient d'avoir été vert, n'en
laisse rien paraître.

Derrière le guichet, un homme à lunettes, har-
gneux et grognant comme un loup en cage.

Cela dérouterait toutes les hypothèses sur le visage que doit avoir un philanthrope. Mais qu'importe l'apparence?

— Monsieur?

— Plaît-il?

— Je viens...

— Parlez plus haut; j'ai l'oreille paresseuse.

— On m'a distribué un prospectus qui...

— Ah! oui, c'est pour un emploi.

— Facile et lucratif.

— Voilà.

Le bonhomme à lunettes tend un volume à couverture graisseuse et une liasse de petits papiers.

— Seraient-ce des billets de banque? Déjà!
pense le solliciteur.

— Voilà, réitère le bonhomme, *l'Eldorado des
Demoiselles*, splendide ouvrage illustré de neuf
cent quatre-vingt-dix-sept gravures sur bois par
l'élite des artistes français et étrangers. Ne pas
confondre avec les publications, indignes de ce
nom, qui ont trompé la crédulité publique. Donne
en prime une magnifique lampe à double bec et
une pendule superbe avec un Bayard en zinc
jouant le bronze à s'y méprendre. Ne pas confondre avec les lumignons fumeux offerts par certaines entreprises; ne pas confondre avec les patra-
ques du *Panthéon des Dames*, qui sonnent dix-sept
heures quand il est midi moins dix! Nous éclairons
à blanc et sans charbonner, nous sommes à l'heure

et sans nous déranger. Ce splendide ouvrage, avec la magnifique prime, quatorze francs soixante centimes.

Le bonhomme a débité tout cela sans presque perdre haleine et comme une leçon.

— Et quels sont les appointements? demande le solliciteur naïvement.

— Les appointements!... Vous plaisantez!...

— Je n'en ai pas envie.

— Dix centimes de remise par exemplaire. Vous pouvez en placer cinquante par jour, total cent sous, cent cinquante francs par mois, dix-huit cents francs par an. Faire signer les souscriptions imprimées. Bonjour.

*
* *

La première personne chez laquelle notre homme se présente, lui, son splendide ouvrage et ses primes magnifiques, est un vieux commerçant retraité.

Son nom et son adresse figurent dans *l'Alma-nach Bottin,* où on les a trouvés.

Le commerçant retraité vient ouvrir en personne.

— Que demandez-vous?

— Monsieur, je désire vous offrir un ouvrage illustré de neuf cent quatre-vingt-dix-sept gravures.

— Merci! il n'en faut pas.

— Par l'élite des artistes français et étr...

— Je vous dis qu'il n'en faut pas.

— Ce n'est pas tout, monsieur. *L'Eldorado des Demoiselles* offre pour quatorze francs soixante centimes une superbe lampe...

— Assez! Monsieur, vous insultez la lampisterie nationale dont j'ai eu l'honneur...

— A double bec...

— De faire partie...

— Donnant une lumière...

— Une lampe pour quatorze francs! C'est un dol! Oui, monsieur, on n'a pas, pour ce prix-là,

une lampe qui... Vous ne m'apprendrez pas mon
ancien métier. J'y ai fait fortune, dans la lampe.
Nous avons la Carcel, le modérateur, le double
piston, la lampe à air libre, la lampe à gaz,
à schiste, à pétrole... Mais le simple quinquet,
monsieur, ne s'avilirait pas à ce point!

— Pourtant voici le modèle...

— Assez, monsieur... Ce doit alors être le produit du recel, estimez-vous heureux que je ne
vous fasse pas arrêter.

Et la porte se referme solennellement.

Le placier sonne à l'étage supérieur — chez un
agent d'affaires.

— Monsieur...

— Est-ce pour recouvrements, liquidation
après faillite, procès de famille?...

— C'est pour l'*Eldorado des demoiselles*, splendide...

— Et c'est pour cela que vous me dérangez !...
comme si la police ne pouvait pas nous délivrer
de ces variétés de l'escroquerie !

Et l'agent d'affaires se remet à un travail qui doit
prouver la légitimité d'un testament contrefait.

*
* *

Le placier sonne à l'étage supérieur, — chez
un homme de lettres.

— Monsieur... l'*Eldorado*...

—*Des demoiselles*...Connu ! J'ai écrit là-dedans.
A preuve qu'on me doit cinquante francs. Si vous
pouvez me donner l'adresse de l'éditeur, une canaille qui a levé le pied... Vous êtes de la liquidation, vous... Tous coquins... On vous en flan-
quera de l'*Eldorado!*

Ces exploiteurs-là... Tous coquins... De la copie
de choix... Exploiteurs !

*
* *

Le placier sonne à l'étage supérieur. Un bruit
de verres et d'assiettes lui répond.

C'est mademoiselle Biribi, biche en vogue, qui traite quelques intimes. Le déjeuner tire à sa fin. Le dessert éclate en pif-pafs champenois et en bons mots plus champenois encore.

Mademoiselle Biribi, par l'huis entr'ouvert de la salle à manger, a aperçu le visiteur.

— Qu'est-ce qu'il veut ce grand maigre-là... Regardez-donc, a-t-il l'air godiche!

— C'est pour l'*Eldorado des demoiselles*, fait la bonne.

— Des demoiselles! ça ne nous regarde pas... Nous ne tenons pas cet article-là... Tu t'es trompé de porte, mon bon. Qu'est-ce qu'il chante ton radeau?... Est-il bête, à son âge, de faire un métier pareil! Et cet habit!...

Donne-nous l'adresse de ton tailleur, que nous n'y allions pas... Est-ce que tu as faim, que tu regardes les comestibles avec des yeux pareils?.. Si tu veux, tu sais, on est bonne enfant, on va te servir un morceau à la cuisine, mais pour tes demoiselles et ton radeau, bernique!

C'est égal, tu feras bien de changer de profession et d'en prendre une un peu plus honorable...

Cette fois, c'est le placier qui referme brusquement la porte.

* * *

Le soir de cette première journée, le pauvre hère a fait onze lieues dans Paris, gravi cent soixante-trois étages, essuyé douze cents insolences.

Il n'a ni placé un exemplaire, ni gagné un centime.

Le surlendemain, les agents conduisent au dépôt un individu qu'ils ont trouvé à demi inanimé sur la voie publique.

Dans sa main crispée, il tient un bout de papier déchiré, sur lequel on ne peut plus lire que ces mots :

« *Emploi facile et lucratif.* »

XXIV

L'ARTICLE DOT

Parmi les cent mille manières de se procurer des revenus, figure, — outre *l'art d'élever les lapins,* — l'art d'épouser les dames ou demoiselles.

Alias, la dot.

Les satiriques se sont beaucoup épanchés sur ce sujet.

A quoi bon tant de tirades ?

Il me semble que c'est simple à exposer.

17.

1° ENVERS DE LA QUESTION.

Dans un cercle.

Un groupe de Messieurs causent avec animation.

— Serait-il possible!

— Quelle abomination!

— Pour ma part, j'ai toujours soupçonné A. de devoir son faux luxe à des moyens suspects.

— Et du moins en êtes-vous bien sûr, René?

— Très-sûr. J'ai pris mes renseignements aux sources les plus exactes : j'ai les noms et tout ce qu'on peut désirer. A., que nous appelions notre ami, à qui nous tendions journellement la main, qui avait été reçu membre de notre cercle à l'unanimité, se fait entretenir par sa maîtresse.

— Le misérable!

— Messieurs, après cette révélation, nous n'avons pas à hésiter.

— Aucun de nous ne doit plus adresser la parole à ce malheureux.

— Et il faut lui faire savoir, sans plus tarder,

qu'à dater de ce jour il n'ait plus à se présenter ici, sans quoi on sera obligé de le faire chasser par un laquais.

— Vivre aux dépens d'une femme !

— C'est le comble de la lâcheté.

— Le dernier degré de l'abaissement.

— C'est-à-dire que j'aimerais mieux un voleur.

— Oui, ma foi !

— Devoir à une femme le pain qu'on mange !

— Tenez, Messieurs, ne parlons plus de cet infâme, nous avons trop à rougir de l'avoir connu !...

2º ENDROIT DE LA QUESTION.

Dans le même cercle.

Les mêmes messieurs que précédemment arrivent, en toilette de cérémonie.

Evidemment ils sont convoqués pour quelque solennité extraordinaire.

Ecoutons.

— Un beau rêve !

— Une affaire magnifique !

— Ce C. ! Il a une chance !

— Ma foi, Messieurs, il l'a mérité, c'est un garçon charmant.

— C'est égal, épouser sans le sou une fille qui vous apporte cinquante mille livres de rente.

— Ah ! pour joli, c'est joli.

— N'avoir plus qu'à vivre de ses rentes jusqu'à la fin de ses jours.

— Comme la même chose m'irait à moi !

— Et à moi donc !

— Dépêchons-nous... C'est à neuf heures la signature du contrat et je veux être des premiers à féliciter ce cher C.

— Moi aussi !

— Moi aussi !

— C'est égal. C'est un beau rêve.

Et tous se précipitent vers l'escalier pour courir serrer la main à l'ami qui épouse les cinquante mille livres de rente.

Maintenant concluez vous-mêmes!

XXV

L'ARTICLE HÉRITAGE

PREMIER CHAPITRE

Les convocations de rigueur avaient été adressées aux intéressés — et six personnes, tous collatéraux, étaient réunis dans l'étude de maître Trois-Étoiles, pour assister à l'ouverture du testament de Jean-Sébastien-Théophile Panotet, décédé sans enfants ni parents du premier degré.

On aurait entendu voler une libellule, dans la salle, garnie de casiers verts et tapissée aux an-

gles de toiles d'araignées, oubliées par les négli-
gences du balai.

Puis, un frémissement parcourut les membres
de six personnes, maître Trois-Étoiles essuya les
verres de ses lunettes, les mit à cheval sur son
nez, toussa légèrement pour se raffermir l'organe,
ainsi qu'il convient en une solennelle circonstance,
et lut à haute et intelligible voix :

« Ceci est mon testament, expression de mes
dernières volontés.

» Je déclare l'avoir fait sain de corps et
d'esprit.

» Par le présent acte, je lègue tous mes biens,
meubles et immeubles, y compris ma maison du
petit Montrouge, à mon cousin Joachim-Augustin
Tardenois... »

— Ah! mon Dieu!... interrompit un accent
brisé par l'émotion... Ah! mon Dieu!... Tous ses
biens... y compris la maison du Petit-Montrouge...
à moi,... à moi... Ce cher cousin... cet admirable...

— Pardon, monsieur, reprit le notaire, permettez-moi au moins d'achever. Je poursuis :

« ... A mon cousin Joachim-Augustin Tardenois, en lui imposant pour unique charge de loger dans ladite maison, jusqu'à la fin de ses jours, ma pauvre vieille bonne Gertrude qui n'a cessé de me soigner avec affection et dévouement, et de lui servir, sa vie durante, une modeste rente de six cents francs, destinée à la mettre à l'abri du besoin.

« En foi de quoi j'ai signé :

« JEAN-SÉBASTIEN-THÉOPHILE PANOTET. »

— Acceptez-vous, monsieur Joachim-Augustin Tardenois?

— Si j'accepte !.. Noble cœur de cousin !... si j'accepte?... Oh! oui, je te comprends. Oh! oui, je l'acquitterai religieusement ta dette de reconnaissance envers celle qui veilla sur ta vieillesse et adoucit tes derniers instants!... Je cours au Petit-Montrouge; car il me tarde d'annoncer à notre excellente Gertrude...

Et Joachim sortit comme un fou...

SECOND CHAPITRE

Une heure après il arriva à la maison du Petit-
Montrouge, et tendant les mains à la vieille gou-
vernante :

— Gertrude... Ma chère Gertrude, vous êtes
ici chez vous.

— Que voulez-vous dire, monsieur Augustin?

— Que vous occuperez désormais cet appartement... C'est ma volonté et j'ai bien le droit d'a-
voir une volonté, puisque je suis votre propriétaire... C'est comme cela, Gertrude... Le cousin
m'a institué son légataire universel. Mais il ne
vous a point oubliée, et, fidèle à ses vœux suprê-
mes, j'exige que vous continuiez à vivre ici, où
vous vécûtes avec lui...

— Ici!... Au premier!... moi!...

— Eh certainement, vous, au premier!... Ah!
mais, c'est que je ne suis point un ingrat, moi!..

Je dois tout à mon cousin, je bénis sa mémoire, j'aime ceux qui l'ont aimé!.. Je connais votre conduite sublime... Ne niez pas, Gertrude... Elle a été sublime... Toujours assidue, toujours empressée... passant des nuits entières à son chevet...

— C'était bien naturel, monsieur Augustin.

— Pour vous qui êtes le modèle du désintéressement... Ainsi c'est convenu... Vous restez ici... Vous gardez le mobilier.

— Monsieur!

— N'allez-vous pas faire des difficultés... Quand je recueille un héritage auquel je n'avais, après tout, pas le droit de prétendre... Je viendrai vous voir souvent... en inspectant ma maison... Nous parlerons de lui... de Panotet... de cette âme élevée... de ce caractère antique... A bientôt, ma bonne Gertrude... A bientôt... Il faut que j'aille chez un architecte pour faire un peu constater l'état de ma propriété... A bientôt!

18

TROISIÈME CHAPITRE

Trois mois se sont écoulés.

Tardenois est venu à Montrouge pour toucher les loyers de son second et de son troisième. Car la maison du cousin Panotet a trois étages.

Tardenois qui a perçu les termes, se parle à lui-même sur l'escalier :

— Quatre cent quatre-vingt dix d'une part... six cent douze de l'autre, onze cents francs et quelque chose en tout... Il est tout de même fâcheux que je ne puisse pas louer le premier à mon locataire du second, qui m'en offre quatre cents francs de plus que du sien... Oui!... Malheureusement le premier est occupé par Gertrude... Une brave fille que Gertrude... Seulement ces gens-là manquent toujours un peu de délicatesse. Elle aurait dû comprendre d'elle-même que pour quelqu'un dans sa position un appartement aussi grand est au moins inutile... pour ne pas dire inconvenant... Elle a soigné mon cousin... C'est vrai .. Mais, après tout, elle était payée pour cela, sans compter la rente que je suis obligé de lui servir... Si j'essayais?...

Tardenois frappe à la porte du premier.

On vient ouvrir.

— Ah! c'est vous, monsieur Tardenois.

— Oui, *madame* Gertrude...

— Il y a bien longtemps que je n'avais eu le plaisir de vous voir.

— En effet... il y a... Que voulez-vous? Mes affaires me prennent toutes mes journées... Quand on a une fortune à gérer.

— J'espère que le bon Dieu est juste et que vous prospérez, comme vous le méritez. Mon brave maître, a, grâce au ciel, bien placé son argent dans vos mains.

— Son argent... Sans doute... Mais entre nous, il me devait un peu cet héritage... Mon père l'avait aidé dans sa jeunesse... Je vous apporte le trimestre de la rente que je vous fais, madame Gertrude.

— Vous êtes trop bon.

— Ah!... à propos... je voulais vous dire... Est-ce que vous ne vous ennuyez pas toute seule, dans ces grandes diables de pièces?

— Je n'y suis pas seule, monsieur Tardenois. J'ai près de moi, pour me tenir compagnie, le souvenir de mon pauvre maître.

— Certainement... certainement... Pourtant... à votre âge, c'est bien de la fatigue qu'un pareil ménage à entretenir... Il y a au-dessus, au second, un amour de logement... bien mieux distribué que celui-ci.

— Si vous désirez disposer du mien, monsieur Tardenois?...

— Je ne désire pas. Ce que je vous en dis, c'est dans votre intérêt.

Pour ménager vos forces... Et puis vous aurez une voisine sur le carré, au cas où vous tomberiez malade.

— Quand faut-il que je déménage?

— Peuh! ce n'est pas pressé... Pourvu qu'à la fin de la semaine je puisse donner les clefs à la personne qui vous remplacera.

— Demain, monsieur Tardenois, je ferai
transporter les meubles.

— Merci... Ah! pardon... j'oubliais... Comme
il n'y a pas de salon au second, je prendrai le
mobilier de celui-ci pour un pied à terre, que je
viens d'acheter à la campagne.

QUATRIÈME CHAPITRE

Trois autres mois se sont écoulés.

Tardenois arpente la grande rue de Montrouge.

— Encore cinquante francs à porter à Gertrude... On ne soupçonne pas combien un trimestre est vite passé... Et il faut encore que je me
dérange... Elle n'aurait pas la politesse de m'é-
pargner cette course, en venant les chercher elle-
même... Quelle singulière idée a eue là mon
cousin Panotet!... Les vieillards sont tous les
mêmes... celui-là surtout, qui, pendant toute sa
vie, fut loin d'être un aigle... Mais il voulait
passer pour philanthrope... Rien de plus commode

que de faire ainsi de la générosité aux dépens des
autres. Car c'est d'autant qu'il m'a frustré... Et,
par-dessus le marché, il faut encore que je la loge.

Non, je suis trop bête. Il y a au troisième des
chambres excellentes... Pour une femme seule...
je vous demande un peu.

Au fait! c'est une idée. Seulement, comme la
dernière fois elle n'a pas déjà été si honnête quand
je lui ai parlé de déménager, j'aime autant char-
ger mon concierge de la commission.

— Monsieur Blandin?

— Monsieur le propriétaire.

— Vous remettrez les cinquante francs de ma
part à cette vieille personne qui demeure au
second.

— Madame Gertrude?

— Précisément. Vous exigerez un reçu d'abord,
cela va sans dire, ensuite vous l'informerez qu'au
demi-terme elle devra occuper la petite chambre
du troisième.

— Sous les toits!

— Elle n'y sera qu'en meilleur air.

— Elle a tant de peine à monter.

— L'exercice est nécessaire aux gens âgés.

— Pourtant...

— Monsieur Blandin, je n'aime pas les observations, il me semble que je fais encore ce que bien d'autres ne feraient pas à ma place. A la rigueur, je ne suis pas obligé de lui fournir un logement tout garni !

CINQUIÈME ET DERNIER CHAPITRE

Trois mois plus tard.

Tardenois rencontre un de ses amis aux environs du cimetière Montparnasse.

— Tiens ! Tardenois !... d'où venez-vous à cette heure ?

— De l'enterrement d'une domestique de mon cousin Panolet.

— Serait-ce cette pauvre Gertrude ?

— Oh ! pauvre !... sans les retours de bâton qu'elle avait su attraper et la rente viagère dont...

— Je croyais...

— Enfin... Paix à ses cendres... J'ai voulu éviter le scandale... Mais si je n'avais pas été si faible... Panotet était tombé en enfance. Il y avait captation flagrante, et j'aurais pu la traîner devant les tribunaux.

XXVI

L'ARGENT DU HASARD

Un joueur, pris en flagrant délit de tricherie, est happé par ceux contre qui il jouait, lancé par la fenêtre, tombe et se casse une cuisse.

Il reste trois mois sur le flanc.

Au bout duquel laps il rencontre un sien ami, qui, en apprenant sa disgrâce :

— Diable! j'espère au moins que cela t'aura donné une leçon.

— Oui, je t'en réponds! J'ai bien fait serment de ne plus jamais jouer... qu'au rez-de-chaussée.

Cette réponse donne le *la* de la passion qu'il représente.

Je n'entreprendrai donc pas une croisade inutile contre le jeu, — honnête ou non.

Tous les joueurs trouveraient moyen de me jurer qu'ils sont convertis, — jusqu'au rez-de-chaussée exclusivement.

Mais il est une autre façon, — très en vogue maintenant, de jeter ses gros sous à la fortune, — à laquelle je ne serais pas fâché de dire deux mots en passant.

J'ai nommé la loterie.

Ces deux mots les voici :

Extrait des motifs d'un projet de loi de 1832.

« La loterie est une institution éminemment immorale, pernicieuse et funeste.

» En conséquence, nous avons l'honneur de vous proposer d'abolir.., etc. »

Extrait d'un projet d'ordonnance de 186...

« En conséquence, nous sommes d'avis d'auto-
riser ladite loterie, qui est une institution éminemment utile et philanthropique... »

Or, je demande la cause de la contradiction.

Je demande à qui utile?

Pour qui philanthropique?

Pour les perdants?

Je ne pense pas qu'on puisse pousser le para-
doxe jusque-là.

Pour les gagnants alors?

Eh bien! souffrez donc que je vous soumette un
aimable récit.

XXVII

LE GROS LOT

PROLOGUE

Depuis deux mois consécutifs, on lit à toutes
les quatrièmes pages et sur toutes les murailles :

« *Le gros lot de la loterie Saint-Anastase vient
d'être gagné par M. Chalandard, licencié en droit,
avocat, demeurant rue des Canettes, 135, au second, la porte à gauche.* »

SCÈNE PREMIÈRE

Chez M. Chalandard, licencié, etc., etc..... demeurant rue..., etc., au second, la porte à gauche.

M. Chalandard dépouille une volumineuse correspondance qui s'empile en un énorme monceau sur la table, et tout en dépouillant :

— Cent soixante-quatre !.. cent soixante-cinq !.. cent soixante-six !... Que dit le numéro cent soixante-six? (*Il lit :*) « Bordeaux, 16 mars 18.... Monsieur , je vois dans les feuilles que vous avez gagné le gros lot de Saint-Anastase; j'ai parié un déjeuner avec les frères Martin, les forts négociants en vins de Médoc, que cette annonce n'était qu'une mystification. Veuillez, courrier par courrier, me répondre en me faisant savoir si... » Toujours la même conclusion !... Cent soixante-sept : Lyon, mars 18... « Monsieur, on prétend, — et on fait répéter par les papiers publics, qui se

prêtent à ces honteux tripotages, — que vous
avez gagné cinquante mille francs à la loterie où
j'avais pris, à moi seul cent-vingt billets qui ont
été une abominable duperie, vous ne me ferez
pas accroire que moi je n'aie pas eu seulement cent
misérables francs avec mes cent-vingt billets, pendant que vous auriez été comblé par la fortune.
Dieu merci! Je connais ces tours-là. Vous n'êtes
qu'un compère effronté; je suis sur la trace de
vos machinations, et je ne vous dis que cela!... »
Bon, maintenant c'est ma loyauté qu'on suspecte!
Cent soixante-huit... « Monsieur, excusez l'indis-
crétion de ma démarche, mais vous ne pouvez
refuser la simple faveur que je réclame de vous, à
savoir de m'envoyer la date du jour où vous avez
pris votre billet gagnant, l'heure et l'adresse du
marchand où vous l'avez acheté. J'ai en effet eu
cette nuit un rêve où un esprit est venu m'assurer
qu'en prenant la même voie que vous j'arriverais
au même résultat... » Cent soixante-dix... onze...
douze!... Et c'est tous les matins comme cela depuis deux mois!... Et ils n'ont même pas tous la

précaution d'affranchir... Oh!... (*En ce moment
on sonne*). C'est juste, dix heures... le défilé va
commencer.

SCÈNE II

LE DOMESTIQUE, entrant.

— Monsieur, il y a déjà dans l'antichambre
soixante-sept personnes qui demandent à parler
à monsieur.

M. CHALANDARD.

— Sont-ce des clients qui veulent?...

— Non, monsieur; c'est des gens qui désirent
vous voir pour s'assurer que c'est bien vous que
vous avez gagné le.......

— Qu'ils aillent au diable!... au diable!... je
n'y suis pas !...

— Mais, monsieur, s'ils pénètrent de vive
force...

— Eh ! bien, ils ne trouveront personne, car je

sors... ciel! pas par là... toute la meute me poursuivrait... Par la porte dérobée!... Être réduit à
sortir de chez soi par l'escalier de service!...

SCÈNE III

Dans la rue.

L'infortuné Chalandard vient de mettre le pied
sur le seuil de l'immeuble qu'il habite; aussitôt
tous les boutiquiers se précipitent sur leur porte
pour le regarder passer. Des messieurs qui
jouaient la poule dans l'estaminet d'en face accou-
rent, tenant encore leur queue de billard à la
main; le maître du café leur fait l'explication de
l'heureux gagnant, qui double le pas pour se dé-
rober à cette abominable ovation.

L'INFORTUNÉ CHALANDARD, cheminant.

Oh! je déménagerai... je fuirai au fond du dé-
sert, car cette vie n'est pas possible... Quel est
encore cet individu qui m'observe? Il me semble

que je l'ai déjà vu hier... à la même heure !...
Guetterait-il mon départ pour s'introduire chez
moi ?... La publicité donnée à mon gain imprévu
doit avoir ameuté sur mes traces tous les bandits
des quatre-vingt-neuf départements !...

Cet homme a la mine d'un abominable coquin !... Il marche en rasant les murs.... C'est
comme hier, en rentrant le soir, cet inconnu en
blouse qui me suivait... j'ai eu une frayeur... Je
ne rentrerai plus passé dix heures... dans ma position !... Non ! décidément je ne....

*(Le monologue de l'infortuné Chalandard est
interrompu par la rencontre d'un ami.)*

— Bonjour, cher !

— Tiens, c'est vous !

— Moi-même, j'allais vous faire une visite....
oh ! ne me remerciez pas... une visite intéressée,
et puisque je vous trouve... une bagatelle du
reste, pour un Crésus comme vous ; ma foi, oui, à
vrai dire, j'étais même assez embarrassé quand

j'ai lu dans les journaux l'annonce de votre victoire... Heureux gaillard !... Et je me suis dit :
Chalandard, à qui la fortune a jeté à la tête
cinquante mille francs, va me prêter tout de suite
les vingt-cinq louis dont.....

— C'est que, mon ami.....

— Vous me refuseriez !... Après ce que la
chance a fait pour vous !... Monsieur Chalandard, je vous avais cru susceptible de sentiments
élevés, mais je vois que je me suis trompé. Un
homme qui... suffit, Monsieur... je ne vous im-
por-tu-ne-rai plus !... *(Il tourne le dos brusquement.)*

L'INFORTUNÉ CHALANDARD.

Encore une amitié rompue !... Est-ce ma faute
s'il arrive le trente-huitième ?... J'ai prêté aux
quinze premiers, mais au-delà... Ceux à qui j'ai
prêté se fâcheront pour ne pas me rendre... Ceux
à qui je n'ai pas prêté se fâchent tout de même...
J'en perdrai la tête !...

(Il se dirige vers la demeure d'un avoué.)

SCÈNE IV

Chez l'avoué.

L'INFORTUNÉ CHALANDARD.

Eh bien! Monsieur, vous me négligez... Pas
une seule cause à plaider depuis deux mois.

L'AVOUÉ, stupéfait.

Comment! vous plaidez donc, vous!

— Si je plaide! Ne suis-je pas licencié en
droit?

— Allons donc! un avocat qui gagne des gros
lots n'a plus besoin de rien, farceur!

— Je vous proteste....

— Écoutez, mon bon, plaisanterie à part, vous
ne pouvez pas trouver mauvais que je fasse passer avant vous tous ceux qui n'ont que leur talent
sans gros lot... Je vous donnerai des causes dans
des moments de presse, comme extra... Adieu, on

m'attend au Palais... une affaire superbe que vous auriez peut-être eue sans.....

(L'infortuné Chalandard descend l'escalier en pensant que, si cela continue, son bonheur l'aura ruiné bientôt complètement.)

SCÈNE V

Chez la fiancée de Chalandard.

LA BELLE-MÈRE.

Ah! c'est Monsieur Chalandard! Quelle agréable surprise!

CHALANDARD, à part.

Avant mon gros lot, mon arrivée ne causait pas cette joie bruyante.

LA FIANCÉE.

Arrivez, monsieur l'ingrat. Vous nous avez oubliés hier. On vous espérait tout le soir.

CHALANDARD, à part.

Avant mon gros lot, on ne m'espérait pas tant.

LA BELLE-MÈRE.

J'avais à vous parler. Notre oncle de Château-Chinon est à Paris. Il voudrait assister au mariage de sa nièce, et si vous étiez assez gentil pour avancer le jour du...

CHALANDARD, à part.

Avancer!... La spéculation est visible... Elles craignent que leur proie ne leur échappe!... Quand je pense qu'avant mon gros lot je me croyais aimé pour moi-même... Je ne reviendrai jamais dans cette maison.

(*Il sort sous prétexte d'aller chercher un baba pour le thé et ne revient pas.*)

ÉPILOGUE

Dans la *Gazette des Tribunaux* du.....

« On a retiré de la Seine, le cadavre d'un homme, convenablement vêtu, qui a été reconnu pour être un sieur Chalandard, bachelier ès-lettres, licencié en droit, dont on s'est beaucoup occupé à l'occasion de la loterie de Saint-Anastase.

» On se perd en conjectures sur les motifs qui ont pu pousser au suicide cet heureux gagnant, à qui tout semblait sourire ici-bas. »

XXVIII

LA MENDICITÉ

Un individu, que sa mise ne fera jamais passer pour un gandin, suit le trottoir de la rue Montmartre.

Une casquette effrondrée, une blouse toute prête à être promue à l'état de charpie, un pantalon en tire-bouchon, voilà pour le costume ordinaire.

Signes particuliers : l'homme est borgne et porte sur l'estomac une planche de bois dont il est impossible de deviner l'emploi.

L'avenir nous l'apprendra peut-être !

20

Une femme coiffée d'un madras qui a pu être
jaune, et reliée dans une robe qui a pu être
neuve, donne le bras à l'individu dont elle a l'air
de guider les pas.

Signes particuliers : moustaches assez prononcées, un manche de guitare sortant d'une housse,
tenue sous le bras.

Et tous deux s'entretiennent en marchant :

— Encore refusés, fait l'homme.

— Encore, répond la femme.

— Ces gueux de portiers ! Ça se manière depuis qu'on leur z'y fait des niches en pierres de
taille. Si ça continue, on ne pourra plus travailler
dans les arts ; toutes les cours nous sont successivement fermées.

— Sans compter que c'est malhonnête avec les
artisses, ces pipelets de malheur !

— Ne m'en parle pas ! Si je n'devais pas avoir
l'air d'être aveugle, c'est moi qui l'aurais remué, le
dernier qui ne nous a même pas seulement ôté
sa casquette en nous renvoyant.

— Il aura eu peur de la concurrence; j'ai vu un piano dans sa loge.

— Oh! la, la, un buffet à notes chez un cheva-lier du cordon, faut croire que mademoiselle sa fille est élève de l'*Observatoire*.

— Dis donc, si nous entrions là-dedans?

— Une maison comme il faut..... il ne doit y avoir rien à faire.

— Pourquoi?

— Parce qu'il n'y a plus que les pauvres gens qui nous donnent.

— Des idées !... Entrons.

Le couple s'approche et la femme montrant son associé, qui a eu soin de fermer l'œil dont il a gardé l'usage.

— Mon bon monsieur, — c'est au portier qu'elle s'adresse, — si c'était un effet de votre bonté... Mon pauvre mari qu'est aveugle... Merci, mon bon monsieur. Le bon Dieu vous le rendra.

— Merci, mon bon monsieur, fait le faux aveu-gle en chœur.

Puis plus bas :

— Enfoncé, le cloporte!... Et toi, tâche un peu
d'avoir des pleurs dans la voix.

Ils pénètrent.

*
* *

Aussitôt qu'ils ont pénétré, l'homme s'empresse
de retourner la planche qu'il porte sur l'estomac.

Tout s'explique !

C'est à la fois un tableau d'histoire et de famille.
On y voit des abus de rouge, destinés à représen-
ter un fort incendie. Des teintes grises s'efforcent
de simuler un rocher. Quelques taches noires ont
l'air de se prendre pour un bonhomme.

Au-dessous, en lettres majuscules, mais peu
moulées :

Par la mine aveuglé, voyez quelle malheur,
Faites-moi donc l'aumône, mesdames et messieurs.

Pendant que son conjoint a exhibé son musée portatif, madame a extrait de la housse un prétexte d'instrument à cordes et s'est mise à le gratter avec fureur. — C'est la ritournelle.

LE FAUX AVEUGLE, bas.

Je n'aperçois pas un seul nez à une seule fenêtre... Enfin, allons-y ! (*Chantant.*)

> Ma fiancée,
> Ma bienaimée,
> Toi, mon bonheur et mon seul bien...

Ne frictionne donc pas si fort ta guitare, tu éteins mon soprano !

> Mon sol sauvage,
> Mon vert bocage,
> De nos secrets ne dites rien !
> De nos secrets ne dites rien !
> Tous nos secrets, gardez-les bien !

Mesdames et messieurs, n'oubliez pas un pauvre aveugle, qui se recommande à vos bontés... victime d'une catastrophe... Ça vous portera bonheur... Mesdames et messieurs...

20.

Pas un monaco! Crevez-vous donc les yeux pour apitoyer des sans-cœur pareils!

LA FEMME.

Mesdames et messieurs...

LE FAUX AVEUGLE.

Quand j'te dis que tu que tu ne mouilles pas assez ton timbre... On ne saisit pas la larme là-dessous...

— On leur z'y en donnera, pour ce qu'ils la paient!

— Assez!... Attention au premier couplet!

> *Quante* pour la foi je me battais,
> De ton vieux père ayant les armes,
> Dans les combats tu me disais...

Ne gratte donc pas si fort la quatrième corde...

> En Vendéenne et sans alarmes :
> Bon courage...

Trimolo donc, pour corser l'effet!

> Bon courage!
> A ce soir,
> Au village!
> Au revoir...

Mesdames et messieurs, n'oubliez pas.....
Quand il nous regardera avec son profil de cou-
teau ébréché, ce maigre là-haut, au troisième.

— Pas si haut!... S'il t'entendait?...

— Et puis?... Je lui donnerais ma carte.

— Mesdames et messieurs, n'oubliez pas s'il
vous plaît, la victime d'une épouvantable catastrophe au chemin de fer de Lyon, père de famille
de dix-sept enfants en bas âge.

— Pas un centime! oh! l'art! l'art!... Partons
du second couplet...

Si je dors, ne m'éveille pas...

— As-tu faim, toi? Moi j'ai des crampes.

— J'crois bien, quatre sous de petit salé depuis ce matin!...

— Et à deux!....

Bel ange ou femme qui me garde...

Tu n'as pas fait ta barbe cette semaine, tes
moustaches foisonnent?

— Tu vas me laisser... Tu sais que je n'aime pas ces plaisanteries-là.

— Suffit.

> Bel ange ou femme qui me garde,
> Oh ! par pitié retiens tes pas;
> Parle, Jenny, Jenny, regarde !...

T'aura beau regarder tu n'verras pas la Ca-fornie. Quels rats !

— Va donc, tu t'arrêtes toujours.

— Faudrait-il pas leur perler la note pour le prix qu'ils y mettent !

— Cristi ! v'là qu'il pleut maintenant.

— C'est donc cela que ma guitare parle du nez.

— Ça ou le chagrin de se voir méconnue...

LA FEMME.

Mesdames et messieurs, n'oubliez pas la vic--time d'une épouvantable catastrophe, au che-min de fer de l'Ouest.

— Fais donc attention, j'ai dit de Lyon, tout à l'heure.

— Eh bien ! est-ce qu'on ne peut pas avoir eu deux catastrophes dans sa vie ?

— Tu nuis à la vraisemblance.

— Beau malheur !... Mesdames et messieurs...

— Tais-toi ! nous avons assez humilié notre dignité devant des gens qui ne nous comprennent pas. Réintègre ta guitare.

— Tu dis ?

— Je te dis de réintégrer ta guitare.

— Si tu essayais de la *jeune Mauresque ?*

— Me fendre d'une orientale pour des râpés pareils, j'aimerais mieux que le cassis me serve de poison !

— Et ton tableau que tu oublies de retourner.

— C'est juste ! les sergents de ville seraient capables... Ce scélérat de métier est devenu impossible. Si j'avais un fils, plutôt que de le laisser dans la profession, je serais capable de le mettre chez un huissier... Surtout ne salue pas le portier en sortant. Du moment qu'on ne donne rien dans sa maison, c'est pas la peine d'être poli !

— Comme si t'avais besoin de me le dire !

* *

Un quart d'heure après.

Le couple sort d'une autre maison.

LE FAUX AVEUGLE.

Combien ?

LA FEMME.

Huit sous.

— Tu vois bien... C'était une maison d'ouvriers ; c'est pas comme chez les richards de tout à l'heure... Ma parole, il n'y a que ceux qui travaillent pour avoir pitié de ceux qui ne font rien.

XXIX

L'ARGENT DE LA MORT

Une heure de relevée. Un de ces sinistres boulevards qui avoisinent nos cimetières et que les
journaux font généreusement figurer au nombre
des embellissements du nouveau Paris.

Deux femmes sont assises sur le seuil d'une
porte au-dessus de laquelle on lit en lettres
blanches :

GIGOLAT, MARBRIER

MONUMENTS ARTISTIQUES

Jardins funèbres à l'année

La première des deux femmes est la veuve Gigolat; quarante-neuf printemps, directrice de
l'établissement depuis la mort de *son pauvre cher
quatrième.* (Il faut bien se faire une raison!)

La seconde est la dame du sieur Robinet, marchand de vins traiteur, à l'enseigne du *Rendez-
vous des Veufs.* Cinquante-deux automnes.

Tout en savourant les charmes réciproques de
sa conversation, ce duo féminin ne reste pas
inoccupé; la veuve Gigolat écosse des pois pour
le repas du soir. La dame Robinet tresse en manière de passe-temps les immortelles d'une couronne au *meilleur des pères.* Un jeune drôle, le
fils Gigolat, se servant d'une pierre tumulaire en
guise de table, est censé, pendant le dialogue,
confectionner une page d'écriture sous l'œil ma-
ternel.

LA VEUVE GIGOLAT, é ossant.

Ne m'en parlez pas, ma pauvre amie, on dirait
qu'ils font exprès de ne pas mourir cette année.
En gros et en détail, j'ai vendu, depuis hier, deux

entourages en bois avec les croix pareilles. Encore y en avait-il un sur les deux qui était pour une de mes cousines du Grand-Montrouge, qui a perdu son petit dernier. Ne voulait-elle pas, sous prétexte de parenté, ne pas me payer l'inscription à part ! Voilà bien la famille ! Tous grugeurs.

LA DAME ROBINET, tressant.

Et que vous avez un peu raison de l'avoir envoyé promener. On voit bien que ces gens-là ne sont pas dans la partie. Ils ne savent pas comme le commerce va mal. Nous nous en ressentons aussi joliment chez nous. Autrement, je ne serais pas là. Quand je pense qu'en 49, du temps de l'épidémie, à cette heure-ci nous avions quelquefois déjà dans le comptoir des soixante-et-quinze francs de recette, tandis que maintenant...

LA VEUVE GIGOLAT.

C'est pas comme à Lyon. Il paraît que ça va dans le soigné ! Le frère à Gigolat, mon défunt, qui est là-bas dans le marbre, m'écrivait l'autre

24

semaine qu'à cause de la typhoïde, ils ne suffi-
saient pas, quoi!... Après ça, vous me direz que
la fortune est une roue qui tourne. Notre tour
reviendra. Il n'y a pas eu d'hiver, c'est bon
signe.

LA DAME ROBINET.

Il faut l'espérer... (*Montrant la couronne à laquelle elle travaille.*) N'est-ce pas tout de même
que je me fais la main? Mes larmes commencent
à être superbes de régularité.

LA VEUVE GIGOLAT.

Vous êtes adroite comme une fée d'abord.
Vous ne les trouvez pas trop gros, ces pois-là,
pour trente sous?

LA DAME ROBINET.

Tout est si cher au jour d'aujourd'hui.

LA VEUVE GIGOLAT.

Bah! quand on se mangerait les sens, il n'en

viendrait pas une concession à perpétuité de
plus... Moi, j'ai de la philosophie, parce que,
comme disait Gigolat mon défunt, la mort finit
toujours par avoir son compte. En attendant, je
m'en suis allée l'autre soir à l'Ambigu.

LA DAME ROBINET.

Toute seule?

LA VEUVE GIGOLAT.

Avec Sébastien, mon unique... (*Tournant la
tête.*) Ça me fait penser qu'il doit avoir terminé
sa page. Hé! Sébastien!

LE FILS GIGOLAT.

M'man?

LA VEUVE GIGOLAT.

Montre-moi ce que tu as écrit... Vas-tu te dépê-
cher... (*Elle arrache le papier des mains hési-
tantes de Sébastien.*) J'en était sûre, encore des
dessins de mausolées et de corbillards! Cet en-
fant-là fera ma désolation. Je me saigne pour lui

donner de l'éducation, afin qu'il entre dans les écoles du gouvernement, et lui ne rêve que la pompe funèbre.

LE FILS GIGOLAT.

Je veux être commissaire des morts, moi, na! avec un chapeau à cornes et une canne.

LA VEUVE GIGOLAT.

Vous l'entendez! Et moi je veux avoir un ingénieur de mon sang. C'est mon ambition de mère, tu me céderas ou tu diras pourquoi! Recommence-moi cette page-là, et si tu m'y barbouilles encore des catafalques...

LE FILS GIGOLAT, à part.

Sans compter que quand on est commissaire des morts, on s'en retourne en voiture avec le bedeau!...

LA VEUVE GIGOLAT.

Tu dis?

LE FILS GIGOLAT.

J'dis rien, j'arrange ma plume qui crache.

LA VEUVE GIGOLAT.

A la bonne heure... Pour vous en revenir, ma bonne madame Robinet, à l'Ambigu, j'ai vu *la Poissarde* avec Marie Laurent. C'est ça un drame !

LE FILS GIGOLAT.

Merci ! on n'y tue personne...

LA VEUVE GIGOLAT.

Tu vas te taire, hein ?..

LA DAME ROBINET.

Racontez-moi donc le sujet. Je me ferais pendre pour le théâtre, et mon mari ne veut jamais m'y mener.

LA VEUVE GIGOLAT.

Je ne demande pas mieux... Pendant ce

21.

temps-là, vous me collerez quelques *regrets éter-nels*... Pour lors, Marie Laurent, qu'elle a une fille et qu'elle est marchande à la Halle... En voilà un crâne tableau que le tableau du *Roi des potirons!*.. Excusez, une minute pour causer avec mon chasseur que j'entr'aperçois.

(Celui qu'on a désigné sous le nom de *chasseur* est un de ces personnages dépennaillés qui s'embusquent dans les cabarets, voisins des mairies, pour guetter les déclarations de décès et offrir aux douleurs inconsolables des colonnes brisées au plus juste prix.)

LA VEUVE GIGOLAT.

Eh bien! apportez-vous des commandes?

LE CHASSEUR, vivement.

Attention! je vous en amène un fameux. Un étranger qui a pris pour sa sœur de la première classe... Chut! le voilà.

LA VEUVE GIGOLAT, se levant.

Monsieur... (*Bas au chasseur.*) Revenez demain, je vous paierai les 2 francs 50 de prime, et tâchez un peu de mieux travailler la clientèle que dans les derniers temps. (*Haut.*) Monsieur désire le caveau renaissance? le caveau à ogives avec vitraux? Le gothique est ce qu'il y a de mieux porté... Ah! monsieur ne veut qu'une simple tombe... C'est bien maigre; alors, nous mettrons du marbre blanc, parce que, pour une jeune fille...

LA PRATIQUE.

Ma sœur avait soixante ans.

LA VEUVE GIGOLAT.

C'est ce que je disais à Monsieur; le marbre blanc a une sévérité qui va bien à tous les âges. Nous ajouterons un quatrain... Oh! Monsieur peut être tranquille. De la poésie véritable. Nous avons un littérateur qui ne fait que pour notre

maison... Monsieur le connaît peut-être, il a tra-
vaillé dans les journaux.....

LA PRATIQUE.

Mais.....

LA VEUVE GIGOLAT.

Oui, Monsieur, je vous comprends, vous trouvez
qu'un quatrain serait trop mesquin pour une personne mûre; nous irons jusqu'au huit vers, —
C'est, bien entendu, rien de plus comme il faut...
Si Monsieur veut me laisser son adresse, je lui en-
verrai la note... Monsieur, à l'avantage, je suis
sûre que vous serez content, et que nous nous re-
verrons. A une autre fois. (*Reprenant soudain son
ton naturel.*) Pour vous en revenir, madame Robinet, dans le tableau du *roi des Potirons*, il y a
un ballet, le ballet de la fricassée.....

MADAME ROBINET.

Vous l'avez joliment entortillé, le client qui
sort d'ici !

LA VEUVE GIGOLAT.

Peuh! une affaire dans les quinze cents! une
misère....., Ça me fait rappeller qu'il faudra que
j'envoie chez ce vicomte, qui m'a commandé un
entretien à l'année, de la tombe de son papa. Il a
bien payé les deux premiers semestres, mais à
cette heure que l'héritage est mangé... Enfin, suffit... Pour vous en revenir, tous les figurants, que
je vous disais donc, ils sont en grande toilette de
la halle.....

*(Un jeune homme qui suivait un convoi, se détache et
vient droit à la boutique).*

MADAME VEUVE GIGOLAT.

Des couronnes, Monsieur?... Attendez pas celles-
là... J'ai votre affaire : *A mon ami!* n'est-ce pas?
puis deux en jais... C'est cinq livres dix sous...
Merci, Monsieur.

(Le jeune homme s'éloigne.)

LA VEUVE GIGOLAT.

Vous n'avez pas vu. J'y ai fourré des fonds de magasins. Les gens qui pleurent, ce serait péché mortel de leur donner du frais, ils ne regardent seulement pas.

LA DAME ROBINET.

Eh bien! vous pouvez vous vanter d'entendre les affaires, vous.

LA VEUVE GIGOLAT.

L'habitude, et puis on est observatrice, n'est-ce pas? ou on ne le serait jamais... Pour vous en revenir, la promenade du potiron, conduite par Marie Laurent, est suivie par des violons, des..... (*Faisant le signe de la croix.*) Encore un! et un fameux!

LE FILS GIGOLAT.

Oh! m'man! regarde donc le monsieur qui monte devant avec un grand manteau et un cous-

sin de velours... M'man tu me mettras comme ça,
je t'en prie.

LA VEUVE GIGOLAT.

Croyez-vous qu'il est ostiné ?.

LA DAME ROBINET.

Dame ! c'est peut-être une vocation !

LA VEUVE GIGOLAT.

Et moi j'ai la vocation qu'il devienne ingénieur,
et il le deviendra. Vas-tu aller finir ta page ?...
Pour vous en revenir... (*A un fossoyeur qui passe.*)
Bonsoir, père Benoît. Quelles nouvelles aujour-
d'hui ?

LE FOSSOYEUR.

Vous êtes bien honnête, madame Gigolat. On
a un peu remonté. Nous avons fait dans les
cent soixante-et-onze, sans la fosse commune.

LA VEUVE GIGOLAT.

Il est à supposer que cela se décidera tout à

fait. Merci, père Benoît... Pour vous en revenir, au moment où la fricassée est le plus en train, et qu'on se trimousse, mais qu'on se trimousse, la fille de Marie Laurent se trouve mal.

LA DAME ROBINET.

Si c'est possible !

LA VEUVE GIGOLAT.

C'est historique.

LE FILS GIGOLAT.

Oui, elle se trouve mal, mais elle ne meurt pas. C'est pas chouette !

LA VEUVE GIGOLAT.

Tu vas te taire... Tiens, c'est vous, M. Damouret ; vous venez rendre visite à votre épouse décédée.

M. DAMOURET.

Et à vous, qui m'avez prodigué vos consolations.

LA VEUVE GIGOLAT, m'naud rnt.

Bien faibles... A tout à l'heure, vous repasse-
rez, n'est-ce pas?

M. DAMOURET.

Pourrais-je faire autrement?... (*Il s'éloigne en
soupirant.*)

LA VEUVE GIGOLAT.

Voilà, ma pauvre amie, ils sont tous les mêmes.
Il y a huit mois, quand il m'a acheté une pierre
couchée pour sa décédée, il ne voulait plus vivre.
Maintenant, il m'abasourdit de propositions de
mariage...

MADAME ROBINET.

Est-ce que...

LA VEUVE GIGOLAT.

C'est ce qui ne regarde que moi, pas vrai? Pour
lors, pour vous en revenir, quand la fille de la
Poissarde.. (*Faisant le signe de la croix.*) Toujours
donc! Il avait raison, le père Benoît, on remonte.
(*A un croque-mort qui la salue.*) A vous pareille-

22

ment, monsieur Anténor. C'est déjà fini, le grand convoi? Car vous en étiez?...

LE FILS GIGOLAT, avidement.

Est-ce qu'il y a eu des discours?

LE CROQUE-MORT.

Heureusement non... A propos, madame Robinet, préparez-vous pour demain. Je crois que vous aurez de la pratique. Nous enterrons un sergent-major de la garde nationale... A l'honneur, Mesdames.

LA DAME ROBINET.

Il est très-bien ce garçon-là !

LA VEUVE GIGOLAT.

Pour vous en revenir, quand Marie Laurrent... Ah! mon Dieu! six heures, et mes pois qui ne sont pas sur le feu.

LA DAME ROBINET.

Six heures! mon mari va... Je lui dirai que vous m'avez appris à colorier les *anges garrddiens*.

LA VEUVE GIGOLAT.

Convenu !

LA DAME ROBINET.

Aussi, on ne s'ennuie jamais avec vous... A demain !

LA VEUVE GIGOLAT.

A demain.

LE FILS GIGOLAT, profitant de l'inattention pour s'esquiver.

Il n'est pas six heures, j'ai encore le temps d'arriver. On m'a dit qu'il y avait une exhumation à
six et demie. C'est ça qui est rigolo !...

XXX

L'ARGENT DE LA CRÉDULITÉ

Rue de Navarin.

Appartement meublé avec cette profusion de mauvais goût qui atteste un empressement violent à dépenser l'argent des autres.

Deux petites dames, une brune et une blonde, sont occupées à rouler des cigarettes en achevant de déjeuner.

Ici, encore un contraste à noter :

La porcelaine est opulente, mais ébréchée. Les plats rehaussés de floraisons élégantes, mais garnis de maigres reliefs qui attestent que l'on prend plus de souci de l'extérieur que de l'intérieur.

22.

LA BRUNE, maîtresse du logis.

Flûte! j'en ai assez du jambonneau.

Elle repousse avec un geste magistral l'assiette qu'elle avait devant elle.

LA BLONDE, amie et confidente.

Le fait est qu'il en est à sa seconde jeunesse ce comestible.

LA BRUNE, allumant sa cigarette.

Pas ça... seulement...

LA BLONDE, même jeu.

Tu as tout de même de drôles d'airs ce matin... On dirait que tu veux nous la faire à la mélancolie. Moi d'abord ça me creuse de voir des gens qui ont des brouillards sur le moral... Tu ne possèdes pas un restant de cognac dans ton établissement?

LA BRUNE, naïvement.

Je crois que nous avons tout bu hier au soir avec ma bonne.

— Tu trinques avec le peuple, toi?

— Quand on s'ennuie.

— Pour sûr tu as quelque chose. Contez-moi

donc ça...(*Elle se lève et va à l'armoire.*) Mais non,
tu n'as pas tout bu ; la preuve c'est qu'il en reste
au moins cinq verres... Un velours épinglé pour
l'estomac.

— Il n'est pas de toi, ce mot-là.

— Je ne l'ai pas fait, mais je le sens. Où est le
mal ?... Voyons, ce n'est pas tout ça, tu dois avoir
besoin de t'ouvrir... Vas-y, ma fille... Une tombe
pour la discrétion...

— Eh bien...

Au moment où la brune, emportée par la situation, va s'épancher dans le sein de son intime,
un coup de sonnette ébranle la porte.

LA BRUNE, vivement.

Aglaé !... Aglaé !... Si c'est un monsieur, vous
direz que je n'y suis pas et...

La phrase n'a pas le temps de s'achever, car
déjà a point à la porte le profil passé au chromo-
duro-phane du petit verre d'une matrone à la
vaste encolure, au cabas typique, au tartan montrant sa trame ni plus ni moins qu'une intrigue
de roman feuilleton.

C'est la mère l'Avenir, tireuse de cartes breve-
tée et non patentée de ces dames de Breda-quar-
tier.

— LA MÈRE L'AVENIR, d'une voix qu'elle essaie de rendre flûtée.

N'ayez pas peur, mes petites chattes, c'est pas
du sexe, c'est moi...

LA BRUNE, avec une joie mal déguisée.

Tiens, la mère l'Avenir !

LA BLONDE.

Entrez donc, ma vénérable, vous arrivez comme
du homard avant souper.

LA MÈRE L'AVENIR.

Comme ça, je ne vous dérange pas, à ce matin...
Faites excuse, mes poulettes, que je pose mon
cabas une petite minute sur le buffet... Là, j'j'en
suis toute en moiteur, parce que j'avais peur de
ne plus trouver personne. J'ai été retenue à ce
matin chez la grande Irma... Vous devez coon-
naître ça... au second dans la rue Larochefou-
cauld... qui a une tache sous l'œil et un pannier
à salade. Là pauvre chérie était dans tous ses

états parce qu'elle n'avait pas encore de nouvelles de son baron qui devait lui envoyer son terme... Pour lors que je lui ai donné une consultation et que j'y ai mis du baume dans le cœur pour ses trois livres dix sous... C'est pas pour dire, mais v'là un jambonneau qui vous a un profil...

LA BRUNE.

En voulez-vous une tranche ?

LA MÈRE L'AVENIR.

Pas à c't'heure, mais si c'est un effet de votre bonté, je faufilerai le reste dans ma poche et ça sera pour mon souper... (*Avec un soupir.*) Quand je pense que j'en ai eu, moi aussi, de la charcuterie à discrétion, du temps que je faisais les délices de Tivoli !...

LA BLONDE.

Ah ! bien, non, la mère, pas la tirade du quatrième acte.

LA MÈRE L'AVENIR.

De quoi... C'est pas défendu de parler de sa jeunesse quand on est vieille, ça compense celles qui ne pensent pas à leur vieillesse, quand elles sont jeunes... Histoire de rire un brin, car, mes petites chattes, j'ai été insouciante comme vous... Passez-moi donc un verre de ce liquide jaune... ça embaume... Merci, à la vôtre...

LA BLONDE.

Pristi !... joli coup de coude... Vous avalez la chose comme...

LA MÈRE L'AVENIR.

Comme vous les billets de banque, pas vrai?

LA BLONDE.

Chacun son tour.

LA MÈRE L'AVENIR.

Pour ça que le vôtre il passera comme les autres, mon amour. Savez-vous que vous avez une jolie robe... Un jour que vous verrez le fond du porte-monnaie, venez me trouver et je vous en donne-rai, foi d'honnête femme, la moitié de ce qu'elle vaut.

LA BLONDE.

Tout ça!

— Vous n'en auriez pas un tiers chez les bro-canteurs... Mais moi j'ai des principes.

— Vous faites donc tous les métiers?

LA MÈRE L'AVENIR.

Quoi que ça peut vous chiffonner, ma chérie, pourvu que je ne vous fasse pas concurrence... voyons un peu... Il ne s'agit pas de marivauder ici... J'ai à deux heures des sangsues à poser à une pratique de deux ans... A quatre je donne une séance de somnambulisme chez une pauvre petite qui s'en va de la poitrine... Qui est-ce qui se fait tirer les cartes aujourd'hui?... Vous, mon mignon?

LA BLONDE.

Plus souvent !...

LA MÈRE L'AVENIR.

De quoi plus souvent... Je sais peut-être mieux que vous ce que vous deviendrez... Peines de cœur, peines de...

LA BLONDE.

Pouvez-vous me prédire le cours de la Bourse de demain ! Non !... Eh bien, c'est tout ce qui m'intéresse pour la minute, vu que mon adorable tiers d'agent de change m'a promis un cachemire si ça monte.

LA MÈRE L'AVENIR.

Soit... je vous retiens celui-là, venez quand vous aurez besoin de le revendre... ce qui ne tardera pas.

LA BLONDE.

Hein?

LA MÈRE L'AVENIR.

Enfin suffit... Et vous, ma toute belle?

LA BRUNE, avec émotion.

Mère l'Avenir?

— Plaît-il?

— C'est-il vrai, les cartes?

— Si c'est vrai?

— Oui, croyez-vous sincèrement qu'on puisse savoir ce qu'on veut?...

LA MÈRE L'AVENIR, d'un ton convaincu.

En y mettant le prix, pas de doute.

— Combien le grand jeu?

— Six francs.

LA BLONDE.

Par exemple! tu crois à ces machines-là, toi!!...

LA MÈRE L'AVENIR.

Ces machines-là!... Il y en a bien qui croient

à ce que vous leur jurez, vous !... Dites pas de mal de la crédulité, c'est notre capital à toutes!

LA BRUNE.

Le grand jeu, encore une fois.

LA MÈRE L'AVENIR.

A la bonne heure! c'est parler... Le temps de m'arroser encore avec un peu de doux... *(Elle se verse un autre verre de liqueur.)* A la vôtre, ma bonne pratique? *(Elle tire un jeu graisseux de son cabas.)* Coupez... *(A part.)* Tant d'impatience... La maison est cossue... *(Haut.)* Coupez encore... *(Bas.)* C'est pas des affaires d'intérêt... Dame...

LA BRUNE.

Eh bien?...

LA MÈRE L'AVENIR.

Un, deux, trois, quatre, cinq, six, sept, huit, neuf... un jeune homme... *(A part.)* Elle est brune, ça doit être un blond... *(Haut.)* Un jeune homme de la couleur de votre amie.

LA BRUNE.

Oui.

— Un, deux, trois, quatre, cinq... Que vous aimez...

23

— Oui.

— Six, sept, huit, neuf... De l'argent.

— Pour ça?...

— Attendez donc... De l'argent qu'il vous a mangé.

— Ah !

— Un, deux, trois, quatre... Du cœur encore ! Vous l'aimez joliment.

— Oh !

— Cinq, six, sept, huit... Et lui ne vous aime pas.

— C'est vrai.

LA MÈRE L'AVENIR, à part.

J'en étais sûre. (*Haut.*) Eh bien, vous qui doutiez tout à l'heure, madame l'esprit fort?

LA BLONDE.

Dame, c'est tout de même bien singulier.

LA MÈRE L'AVENIR, à part.

Pauvres filles ! elles ne s'aperçoivent pas qu'elles sont toutes sur le même patron... Exploitation et revanche. (*Continuant.*) Un, deux, trois... Est-ce qu'il vous aurait battue?

XXXI

L'AUTRE NUIT...

... Et j'en étais là du présent livre, quand je crus entendre tout à coup une voix, — la vôtre peut-être, — qui, m'interrompant soudain :

— Monsieur l'auteur...

— Monsieur le lecteur.

-- Votre livre doit tirer à sa fin?

— Vous l'avez dit. Encore un chapitre de conclusion, après quoi...

— Mais alors vous m'avez trompé, monsieur l'auteur.

— En quoi, juste ciel! monsieur le lecteur?

— En ce que vous me demandez sur votre couverture si j'ai besoin d'argent.

— Eh bien?

— Eh bien! j'en ai besoin, morbleu! Je m'empresse en conséquence de venir à vous, comptant que vous allez me donner le moyen d'être heureux, et...

Et c'est précisément ce moyen, monsieur le lecteur, qui va faire l'objet de mon dernier chapitre.

— En ce cas, je vous demande pardon de vous avoir coupé la parole, et je vous écoute de toutes mes oreilles.

— Très-bien, monsieur le lecteur.

Je commence.

*
* *

Figurez-vous que l'autre nuit j'ai fait un rêve.

C'est la faute des journaux aussi !

Avec leurs satanés bulletins de Bourse, leurs diables de bilans de Banque et toutes leurs tartines financières, ils vous donnent des idées... des idées...

Et puis leurs tirages de loterie !... le 20 irrévocablement ! le 30 sans remise !... Les gros lots qui poudroient... Les louis d'or qui jaunoient !

Bref, l'autre nuit, j'ai fait un rêve.

Un drôle de rêve, sur ma parole, et que je vous demande la permission de vous raconter.

*
* *

Il me sembla d'abord...

Mais au préalable, il est bon de vous dire à qui vous avez à faire.

Position sociale à créer... capital en espérance... première hypothèque sur le domaine des illusions...

Bast !..

Si je n'ai pas tout à fait vingt-cinq ans, je n'habite pas non plus tout à fait un grenier.

23.

Il y a compensation.

Je reviens à mon récit.

Il me sembla donc d'abord que j'étais chez moi dans mon fauteuil vert, — le seul, — celui qui rit sur toutes les jointures.

Quand tout à coup on frappa à la porte.

— Entrez !

— Monsieur, c'est une lettre.

— Donnez. Qui donc peut m'écrire?

Et dans mon rêve de décacheter la lettre.

Elle était ainsi conçue :

« Monsieur,

» J'ai l'honneur de vous faire part de la perte douloureuse que vous venez de faire en la personne d'un de vos cousins qui vous était inconnu, car il avait quitté la France pour aller habiter l'Urugay bien avant votre naissance.

» Ledit cousin, monsieur, que des spéculations heureuses avaient enrichi, n'a pas voulu, en suc-

combant, se montrer oublieux de ceux-là même
qui n'avaient jamais pensé à lui.

» En conséquence, il a laissé un souvenir à
chacun de ses parents, au nombre desquels vous
figurez, monsieur, pour une somme de *cinq mille
francs.*

» Je liens cette somme à votre disposition, ce
testament étant fait sain de corps et d'esprit, par-
faitement valable et exécutoire.

» Agréez, je vous prie, mes salutations em-
pressées.

                          » BIBOLET.

                  » *Notaire, rue...* »

Cinq mille francs!... Mon cousin que je ne
connaissais pas... Un notaire m'écrivant... à moi!

Je vous avouerai que, même en rêve, la première impression fut aussi violente que si l'on
était venu m'annoncer les débuts de mademoiselle
Thérésa à la Comédie-Française.

Mais, reprenant mon équilibre :

Cinq mille francs, m'écriai-je... cinq mille

francs! Pauvre Clairette (Clairette, un sentiment
à moi, vingt-cinq ans, fait la fleur artificielle et en
cultive de réelles dans mon existence.)

Pauvre Clairette!

Va-t-elle être contente!... Je lui achèterai pour
le moins une demi-douzaine de robes... des
bleues, des grises, des rouges, des tricolores.

Et Jules, Albert et Frédéric!... de vrais camarades... les compagnons des mauvais jours! Quels
sardanapalismes je vais leur offrir!

Cinq mille!...

Allons chez le notaire!

* *

Sur ce, je partis, — toujours dans mon rêve, —
pour me rendre sans délai chez cet officier
ministériel.

Mais en route :

— Avec cinq mille francs, tout de même, on
peut faire quelque chose...

Il ne s'agit pas de jeter cette somme au vent.

Sans doute Clairette a du bon, — mais un seul cadeau suffira.

Quant aux amis... je les inviterai, c'est évident... mais il faudra prendre garde à ne pas leur ouvrir la poche trop large.

Ils seraient capables d'y pratiquer des drainages intempestifs.

Et il m'importe qu'il me reste de quoi faire quelque opération avantageuse...

Ah! l'étude du notaire!

— Monsieur, je viens pour l'héritage de mon cousin de l'Urugay.

— Très-bien, jeune homme.

*
* *

Mon rêve suivait son cours, je me voyais ensuite, comme par un changement à vue, transporté dans un appartement cossu.

Simple, mais bigrement cossu.

Une bonne de la meilleure tournure entrait :

— Monsieur, un billet de la part de votre agent de change.

— Merci.

« Mon cher client,

» Vos comptes de fin de mois se soldent par un bénéfice considérable, la hausse a fait des progrès rapides.

» Vous êtes aujourd'hui à la tête d'un capital de cent mille francs. »

Cent mille francs!...

— Monsieur.

— Qu'y a-t-il encore, Julie?

— Deux autres lettres...

— Fort bien...

Ah ! celle-ci de Clairette, celle-là de Frédéric... Une brave fille que Clairette... Mais dans ma nouvelle position, il devient indispensable de lui faire comprendre que je ne puis la recevoir chez moi.

J'irai la voir... de loin en loin.

Que diable... cela nuirait à mon établissement... et avec cent mille francs on peut prétendre à une dot panachée.

C'est comme Frédéric, un bon garçon,

Mais d'un débraillé, d'un manque de tenue. Il compromet ma dignité d'homme posé vis-à-vis de mon portier.

Je lui insinuerai adroitement que je vais en voyage... pour dix-huit mois.

Cent mille francs !... quel avenir !

*
* *

Le temps passe vite quand on rêve.

Je ne sais combien d'années me semblaient tout à coup s'être écoulées.

J'habitais un hôtel de première catégorie.

Des tapis où l'on enfonçait jusqu'à la cheville... des potiches à loger une famille d'employé.

Des glaces... des dorures... des laquais.

De magnifiques laquais.

J'étais à la tête de trois millions.

Trois millions!... trois mill...

Mais j'avais vieilli...

— Monsieur ira-t-il au bois avec le coupé ou avec la calèche?

— Je n'irai pas du tout, j'ai la goutte.

— Monsieur ira-t-il au bal du ministère?

— Je me coucherai à huit heures, j'ai mon asthme.

— Monsieur, voici le menu du dîner : chevreuil, faisan, turbot...

— Je ne dînerai pas, j'ai ma gastrite...

— Monsieur veut-il...?

— Une tasse de camomille et du baume tranquille... Allez!

Aie! la goutte!... Ouf! la gastrite!...

M'y voilà donc arrivé au but de mes rêves... Je les ai ces millions que je convoitais. Je l'occupe cet hôtel que je regardais autrefois avec un respect jaloux...

Riche!... je suis très-riche... Les médecins sont des ânes... ne pas savoir guérir un million-

naire ! Cet animal de domestique avec son chevreuil, il avait l'air de se moquer de moi. Il sait
bien que je ne puis plus ni manger, ni marcher,
ni respirer.

Quand je me rappelle le temps où je dévorais
un jambonneau avec l'os, où je faisais mes six
lieues à travers champs, à moi tout seul...

Ouff !... le cœur... C'est ma femme qui s'avance.
Ma femme... celle que j'ai épousée au prix de
sept cent mille francs, valeur reçue comptant.

Une perche anguleuse, revêche, sotte, et le
reste. Quand un mot d'affection me vient aux lèvres, elle me glace d'un regard.

— Mon amie, je suis bien souffrant.

— Ah !

— Ne passerez-vous pas auprès de moi une
partie de la journée ?

— Impossible... mes devoirs de charité me ré-
clament... J'ai en outre un sermon... deux confé-
rences religieuses... une assemblée générale de

24

dames patronesses de l'œuvre des vieillards malades.

Comme je ne suis que vieillard et malade, mais que je ne suis pas de l'OEuvre, la voilà partie.

Pas un ami... des parasites !

Pas une affection... des calculs mathématiques! Ce n'est pas Clairette qui m'aurait laissé ainsi tout seul.

Cette chère Clairette !

Avec son chapeau de dix-sept francs et son châle imprimé!...

Et les anciens des temps passés!... Les insoucieux camarades!...

Allons! voilà ma quinte... Heu... heu... heu... heu!...

*
* *

Je me réveillai.

Je toussais en effet, — car j'avais oublié en me couchant de fermer la fenêtre.

Mais un soleil d'été en profitait pour me rire au nez. Clairette, qui avait trouvé la clé sur la serrure, me regardait dormir.

Et comme je me frottais les yeux :

— Qu'est-ce que tu as donc eu ? me demanda-t-elle, tu te débattais, tu soupirais.

— Rien.. j'ai rêvé, lui dis-je en cueillant au vol un baiser...

— Quoi donc ?

— Des choses qui, Dieu merci, ne sont pas, fis-je en fouillant dans ma poche absolument vide de millions.

— Mais quoi donc, enfin ?

— Des folies... J'ai rêvé que j'appartenais à une grande fortune qui faisait de moi un bien bête d'emploi !...

XXXII

MORALE

Rêvez le plus possible, ami lecteur.

La réalité peut enseigner à se procurer l'argent dont on a besoin.

Le rêve fait plus.

Il apprend à s'en passer.

FIN.

TABLE DES MATIÈRES

FIN DE LA TABLE.

VERSAILLES. — IMPRIMERIE CERF, RUE DU PLESSIS, 59.

www.ingramcontent.com/pod-product-compliance
Lightning Source LLC
Chambersburg PA
CBHW071803020726
47502CB00004B/990